कहानीकार

कहानीकार

एक कहानी को उसके किरदार ही बाकी समान सी लगने वाली
अन्य कहानियों से अलग बनाते हैं।

खेमलता नेगी

White Falcon
Publishing

कहानीकार
खेमलता नेगी

Published by White Falcon Publishing
Chandigarh, India

All rights reserved
First Edition, 2024
© खेमलता नेगी, 2024
Cover design by White Falcon Publishing, 2024

ISBN - 978-81-19510-66-5

यह पुस्तक उस एकमात्र कहानीकार को समर्पित है जिसने इस पूरी लीला को रचा है, सर्वशक्तिमान ईश्वर, परम निर्माता।

विशेष धन्यवाद

सोनाक्षी ठाकुर

प्रस्तावना

वैसे तो इस धरती पर हर व्यक्ति अपनी कहानी का मुख्य कलाकार या नायक होता है। यह सभी कहानियां ईश्वर की कलम से लिखी जाती है। लेकिन ईश्वर की कलम के अलावा भी एक ऐसी कलम है जिससे लिखने वाले को कहानीकार कहते हैं। यह एक ऐसा प्राणी होता है जो अपने हिसाब से अपनी बनाई कहानियों में किरदार बनाता है। वह एक छोटी सी कहानी पर फोकस करता है। जिसमें कुछ गिने-चुने लोगों का अभिनय प्रदर्शित किया जाता है। उसमें सभी नायक नहीं होते। कुछ सहायक कलाकार होते हैं, कुछ खलनायक होते हैं, और कुछ हास्य कलाकार भी होते हैं।

साहित्य जगत में कहा जाता है कि मनुष्य द्वारा की गई सभी रचनाएं रोकंट हैंड होती है। रचना तो सर्वप्रथम स्वयं प्रकृति करती है, मनुष्य केवल उसको अपनी प्रतिभा के द्वारा संसार के सामने प्रस्तुत करता है। इस प्रकार मूल कार्य सिर्फ प्रकृति ही कर सकती है।

अगर ध्यान से देखा जाए तो चारों तरफ कई हजारों लाखों और करोड़ों कहानियां एक साथ चल रही है। ज्यादातर

कहानियां बेहद ही आम होती है। जिस वजह से उनको लिखना, सुनना, या पढ़ना कोई पसंद नहीं करता।

कई कहानियां रोचक या दिलचस्प हो सकती है लेकिन उनके किरदार कोई खास अभिनय नहीं कर पाते। बहुत ही कम कहानियां ऐसी होती हैं जिसे कोई कहानीकार शब्दों में बदलना चाहता हो। अंत में वही कहानियां दुनिया भर में मशहूर हो पाती हैं जिनके पात्रों को लेखक पाठकों तक इस प्रकार प्रस्तुत कर पाए जिससे उनको अपने भीतर कुछ आनंद की अनुभूति हो। और सबसे महत्वपूर्ण बात यह है कि कहानी के पात्र पाठक को भीतर से बदलने का उत्साह प्रदान कर पाए।

एक कहानीकार की यह नैतिक ज़िम्मेदारी होती है कि कहानी के नायक या नायिका का जीवन पाठकों के लिए एक आदर्श साबित हो। चाहे वह आदर्श प्रेम के क्षेत्र में हो, कार्यक्षेत्र में हो, व्यवहार में हो, या किसी और क्षेत्र में, लेकिन पाठक के जीवन में एक सकारात्मक बदलाव आना ही चाहिए। बदलाव ऐसा हो जो समाज के लिए एक सम्मान की बात साबित हो।

कहानीकार अपने पाठकों को वह छोटी सी दुनिया अपनी दृष्टि से दिखाने का प्रयास करता है। ऐसा ही एक प्रयास मैं भी इस पुस्तक के द्वारा करने जा रही हूं। आशा करती हूं आप सभी पाठकों को मेरा यह प्रयास पसंद आएगा।

जैसा कि मैंने अपनी पूर्व में लिखी हुई किताबों के द्वारा बताया है कि मेरी किताबों का उद्देश्य केवल मनोरंजन नहीं है, बल्कि समाज को एक कहानी के द्वारा कुछ पाठ देना भी है। प्रत्येक कला के साथ कोई न कोई पाठ हमेशा जुड़ा होता है।

अनुक्रम

1.

मुसाफिर

∿

रात के 11 बज रहे थे और धर्म अभी भी ऊंचे पहाड़ों की संकरी सड़क पर कार चला रहा था। चारों तरफ घनघोर अंधेरा था। दूर पहाड़ों पर कहीं-कहीं इक्का-दुक्का लाइट चमक रही थी। ऐसा लग रहा था मानो आसमान मे तारे चमक रहे हों। पहाड़ों पर रात जितनी शांत और मनमोहक लगती है उतनी ही डरावनी भी।

दूर से आती हुई एक कर की हेडलाइट काफी तेज चमक रही थी। वह रोशनी धर्म की ओर तेज रफ्तार से बढ़ रही थी। धर्म ने गाड़ी को अपनी ओर आते देख एक हल्की सी राहत की सांस लेते हुए कहा, "चलो मैं अकेला ही इस वक्त सड़क पर नहीं चल रहा।" वह गाड़ी तेज़ी से होकर गुजर गई। धर्म ने अपने मोबाइल फोन की ओर देखा। वह गूगल मैप पर लोकेशन का स्टेटस देखने लगा।

"सड़क तो यही है। अभी भी दस मिनट दूर है यह होमस्टे।" ऐसा कहते हुए धर्म फिर से सड़क पर नज़रे गड़ाए गाड़ी चलाने लगा।

अंदर ही अंदर वह थोड़ा घबरा रहा था। लेकिन कोशिश पूरी कर रहा था जैसे सब कुछ उसके कंट्रोल में है। उसने पहाड़ों से जुड़ी हुई भूतों की कई डरा देने वाली भयानक कहानियां सुनी हुई थी। जिन कहानियों को वह पूरी दिलचस्पी से सुना करता था। आज भी जब वह डरावनी फिल्में देखता है तो पहाड़ों वाली भूतिया फिल्में उसे ज्यादा पसंद आती है।

जैसे-जैसे लोकेशन पास आती जा रही थी जंगलों का अंधेरा और सन्नाटा बढ़ता जा रहा था। अब जहां से वह गुज़र रहा था वहां कोई भी रोशनी न थी। था तो सिर्फ अँधेरा और अँधेरे से उत्पन होने वाला डर।

"वाह! क्या बात है। कितना फिल्मी सीन लग रहा है। बस अब कोई भूत या भटकती आत्मा न दिख जाए मुझे।" ऐसा बोलते हुए धर्म गाड़ी को आराम से कम स्पीड पर चलाने लगा। वह जल्दबाजी करके किसी भी दुर्घटना का शिकार नहीं होना चाहता था। पहाड़ों पर भूत बनकर भटकने का उसका कोई भी इरादा नहीं था। वह जिस उद्देश्य से पहाड़ों पर आया था केवल उसी को प्राप्त करने में उसकी रुचि थी।

गूगल मैप के अनुसार अब धर्म अपनी लोकेशन से केवल 500 मीटर दूरी पर था। धर्म की सांस में सांस आई। अब कुछ घर, कॉटेज, और दुकानें भी दिखाई देने लगी थी।

धर्म ने गाड़ी का हीटर ऑफ कर दिया और अपनी दोनों तरफ होमस्टे का रास्ता तलाशने लगा। एक होमस्टे के बाहर कुछ लोग बोनफायर के आस-पास बैठकर बातें कर रहे थे। उनकी नज़रे उसकी गाड़ी पर पड़ी और उसे आगे जाता देख वह लोग फिर से अपनी बातों में मगन हो गए।

धर्म ने जब अपने होमस्टे के नाम का बोर्ड पढ़ा तो खुशी से मुस्कुरा दिया। "फाइनली! पहुंच गया।" ऐसा कहते हुए धर्म गाड़ी को गेट के अंदर ले गया जोकि पहले से ही खुला था। धर्म ने कार पार्किंग में एक खाली जगह पर गाड़ी को पार्क कर दिया। वहां कुछ और गाड़ियां भी खड़ी थी जिनकी नंबर प्लेट्स बता रही थी कि वे भी कहीं बाहर से आई हुई थीं।

कार से उतरते ही धर्म ने अपना गरम जैकेट पहन लिया।

"बहुत ठंड है।" धर्म ने अपने दोनों हाथों को मलते हुए कहा। उसने कार की ट्रंक से अपना सामान निकाला और फिर उसे लॉक कर दिया। धर्म के एक हाथ में सूटकेस और पीठ पर एक बैकपैक था। वह जैसे ही रिसेप्शन की ओर चलने लगा उसे ऐसा लगने लगा मानो उसकी सारी थकावट धीरे-धीरे मिटती जा रही हो।

❄❄❄

2.

होमस्टे

रिसेप्शन की सजावट बेहद ही खूबसूरत थी। जिसे देख किसी का भी मन उसे देखते ही रहने का करे। छोटी-छोटी एलइडी लाइट्स वहां अपना एक अलग ही जादू बिखेर रही थी। रिसेप्शन एरिया में रोशनी की मात्रा उतनी ही थी जितने में साफ-साफ दिखाई दे सके। न ज्यादा तेज न ज्यादा कम, बिल्कुल संतुलित।

धर्म ने सूटकेस और बैकपैक दरवाजे के पास रखे एक बेंच पर रख दिए। उसने रिसेप्शन काउंटर पर देखा तो वंहा कोई नहीं था। धर्म ने धीमी आवाज में कहा, "लगता है सब सो गए हैं।" जैसे ही उसने एक बार फिर काउंटर की ओर देखा तो वहां पर एक लड़का खड़ा था। उसने धर्म की ओर देखते हुए कहा, "क्या आपकी बुकिंग हो चुकी है, सर?"

वह लड़का कोई 17-18 साल का होगा। लड़के का शरीर दुबला पतला था। लेकिन फिट और फुर्तीला मालूम पड़ता था। उसका हुलिया साफ-साफ बता रहा था कि रात बहुत ठंडी थी।

"हां, मेरी बुकिंग हो चुकी है।" धर्म ने काउंटर की ओर बढ़ते हुए कहा।

"जी आपका नाम।" वह लड़का एक रजिस्टर को हाथ में लेते हुए बोला।

"धर्मेंद्र सिंह।"

उसका नाम सुनते ही लड़का हल्का सा मुस्कुरा दिया और रजिस्टर में आज की तारीख के अंदर उसका नाम ढूंढने लगा। धर्म बिना किसी प्रतिक्रिया के वहां चुपचाप खड़ा रहा। इस तरह से लोगों का उसके नाम को सुनकर मुस्कुरा देना उसके लिए एक आम बात थी। और वह बखूबी जानता था कि लोग उसका नाम सुनकर क्यों मुस्कुराने लगते थे।

"जी हां, आपकी बुकिंग है।" लड़के ने रजिस्टर को धर्म की ओर घूमते हुए कहा, "आप यहां साइन कर दीजिए, सर।" धर्म ने पेन लेते हुए एक बार रजिस्टर पर अपना नाम देखा और फिर साइन कर दिया।

"चलिए मैं आपको आपके कमरे तक ले चलता हूं।" धर्म अपना सामान उठाकर लड़के के पीछे चलने लगा। "आप सूटकेस मुझे दे दीजिए, सर।" लड़के ने बड़े आदर-सम्मान के साथ कहा। धर्म सफर से थका हुआ था इसलिए इंकार न कर सका और सूटकेस लड़के के हाथ में झट से दे दिया।

"कमरा कौन से फ्लोर पर है?"

"आपका रूम फर्स्ट फ्लोर पर है।" लड़के ने सीढ़ी चढ़ते हुए जवाब दिया। धर्म उसके पीछे चलता रहा। अब वह दोनों एक संकरी सी कॉरिडोर से गुज़र रहे थे। जिसमें एक तरफ कमरे थे तो दूसरी तरफ दीवार जिस पर कुछ तस्वीरें लगी हुई थी। जो कम रोशनी होने की वजह से साफ-साफ नज़र नहीं आ रही थी।

लड़का कॉरिडोर के आखिरी कमरे के सामने जाकर रुका। उसने सूटकेस नीचे रखा और अपनी जेब से चाबी का एक गुच्छा निकाला। उसने एक ही बार में सही चाबी से ताला खोल दिया। इस बात को देख धर्म ने सोचा कि रोज-रोज की आदत से उस लड़के को चाबियां भी याद हो गई होगी।

दरवाज़ा खोलते ही लड़के ने सबसे पहले सामान को दरवाज़े के पास रखे एक टेबल पर रख दिया। फिर उसने लाइट ऑन करते हुए धर्म की ओर मुस्कुराते हुए कहा, "सर, यह है आपका कमरा।"

धर्म ने जल्दी से कमरे के चारों ओर नज़र दौड़ाई और लड़के की ओर देखते हुए कहा, "अच्छा है। धन्यवाद।"

"सर, क्या आप अभी कुछ लेना चाहेंगे?"

"पीने का पानी रखा है यहाँ पर?" धर्म ने बेडसाइड टेबल की ओर देखते हुए पूछा।

"मैं आपके लिए पीने का ताजा पानी लेकर आता हूं। इलेक्ट्रिक कैटल यहां अलमारी में रखी हुई है।" उसने बिस्तर के

पास रखी हुई एक छोटी सी अलमारी की ओर इशारा करते हुए कहा। "आप उसमें पानी गर्म करके पी सकते हैं।" लड़के ने पानी का जग उठाया और कमरे से बाहर चला गया।

धर्म ने बैकपैक उतार के टेबल पर पड़े सूटकेस के पास रख दिया। अपने कंधों को हिलाते हुए उसने एक गहरी सांस ली। जैसे ही धर्म खिड़की के पास रखी कुर्सी पर बैठा वह लड़का पानी का जग लेकर कमरे में वापस दाखिल हुआ। उसने जग साइड टेबल पर रखते हुए धर्म से कहा, "सर, अगर आपको कुछ चाहिए तो अभी बता दीजिए क्योंकि अब मैं भी सोने जा रहा हूं।"

"नहीं। अभी कुछ नहीं चाहिए। आप सो जाओ।"

"जी, सर।"

"अच्छा एक बात बताते जाओ, सुबह चाय-कॉफी कितने बजे तक मिल जाएगी।" धर्म ने पूछा।

"सुबह 6:00 बजे के बाद कभी भी।"

"ठीक है। वैसे आपका नाम क्या है?"

"मेरा नाम विवेक है, सर।"

"बहुत अच्छा नाम है। विवेक।" धर्म ने मुस्कुराते हुए कहा।

"ओके सर। आपसे सुबह मिलता हूं। गुड नाइट।"

"गुड नाइट।"

विवेक दरवाज़ा बंद करते हुए कमरे से बाहर चला गया। धर्म ने दरवाज़े को अंदर से बंद किया और फिर बाथरूम की

ओर चल दिया। उसने जैसे ही वॉश बेसिन का नल खोला तो पानी को हाथ लगाते ही उसके होश उड़ गए। पानी बहुत ठंडा था। धर्म ने जल्दी-जल्दी अपने हाथ धोएं और चेहरे को हल्के हाथों से साफ किया।

उसने खुद को आईने में देखते हुए कहा, ''आख़िरकार, तुम यहां पहुंच गए, धर्मेंद्र।''

3.

ग़ज़लें

৶

गाड़ी की रफ़्तार गाड़ी में बजने वाली ग़ज़लों की तरह थी। धीमी। ऐसी ग़ज़लें बज रही थी जिन्हें सुनकर धर्म को नींद का सुरूर चढ़ने लगा था।

"धर्म। धर्म!"

"हाँ, माँ।"

"सो गया क्या?"

"नहीं। बस थोड़ी देर के लिए आंखें बंद कर ली थी।"

"चल अब झूठ मत बोल। मुझे पता है तू अपने पापा के गाने सुन के सोने लग जाता है।" धर्म की माँ उसके पिता की ओर देखते हुए कहने लगी।

यह सुनकर उसके पिता खुद को रोक न पाए और बोल पड़े, "तुम्हारी मां को तो बस मुझे कुछ न कुछ सुनाने का बहाना मिलना चाहिए।"

"ऐसा तो कुछ नहीं है। मुझे कोई शौक थोड़ी न है आपकी बातें करने का।"

"अगर यह बात है तो चलो फिर देखते हैं कब तक नहीं घसीटोगी मुझे अपने तानों में।" धर्म के पिता रियर व्यू मिरर में देखते हुए कहने लगे। इस बात को सुनकर धर्म के चेहरे पर न चाहते हुए भी एक हल्की सी मुस्कुराहट फूट पड़ी।

"आप गाड़ी चलाने पर ध्यान दो। मैं तो आपके गाने बदलने वाली हूं। मुझसे अब और नहीं झेली जाएगी आपकी यह ग़ज़लें।"

धर्म चुपचाप अपने माता-पिता की बातों को सुन रहा था। लेकिन उसी समय उसके मन में कई और बातें भी चल रही थी। कुछ ऐसी बातें जो अगर वह किसी से बोलेगा तो सब उसे अपनी-अपनी समझ से समझाने लग जाएंगे। इसलिए धर्म को चुप रहने में ही समझदारी लगी। धर्म गाड़ी की खिड़की से बाहर देखने लगा। धीरे-धीरे उसके माता-पिता की बातें उसके कानों पर उसे केवल एक हल्के से शोर में तब्दील होती हुई मालूम पड़ रही थी।

वह बाहर इमारतों को देखने लगा। लेकिन यह भी उसका ध्यान भटकाने के लिए एक नाकाम कोशिश साबित हुई। उसके दिमाग के अंदर जो कुछ भी चल रहा था वह किसी भी कीमत पर उसके ध्यान से हटने के लिए तैयार नहीं था।

"धर्म, मेरी पसंद के गाने कैसे लगे तुम्हें?"

धर्म का कोई जवाब नहीं आया।

"अब बताओ। क्या कहोगी? तुम्हारे गाने सुन के भी वह बोर हो रहा है। या फिर यूं कहूं कि सुन ही नहीं रहा। मेरे गाने सुन के कम-से-कम उसे अच्छी नींद तो आती है।"

"धर्म। बेटा, कहां खो गए?" अब उसकी मां की आवाज़ में एक चिंता छलक उठी।

"कहीं नहीं, मां।"

"कोई बात है तो बोल दे बेटा।" धर्म की मां ने उसके पिता की ओर देखते हुए कहा। पिता ने गाड़ी की गति को और धीमा कर दिया।

"अरे, मां कुछ नहीं है! पापा, आप गाड़ी चलाओ आराम से। मम्मी को तो बिना बात चिंता करने की आदत है। जल्दी चलिए। प्रतिभा हमारा बस स्टैंड पर इंतजार कर रही होगी।"

धर्म की बातें सुनके उसके माता-पिता की चिंता में कुछ राहत तो जरूर आई। लेकिन उन्हें इतना अंदाज़ा तो लग चुका था कि उनके बेटे को कोई न कोई बात अंदर ही अंदर सता रही थी। कोई ऐसी बात जो वह शायद उन्हें बताना ही नहीं चाहता था।

4.

फैमिली रीयूनियन

⁓

घर में खुशी का माहौल था। घर के सभी सदस्य लिविंग रूम में बैठकर आपस में हंसी-खुशी बातें कर रहे थे।

"प्रतिभा, तेरी पढ़ाई कैसी चल रही है?"

"भईया, पढ़ाई का क्या, वह तो चलती ही रहती है। आप पूछो 'प्रतिभा, तेरी लाइफ कैसी चल रही है?'"

"धर्म, तेरी बहन हॉस्टल में रहकर बहुत शैतान हो गई है।"

"मां, हॉस्टल में कौन सी शैतानी करती हूं। वहां तो समय ही नहीं मिलता। सुबह-सुबह उठना पड़ता है। फिर सारा दिन क्लासेस में व्यस्त रहती हूं। शाम तक तो इतना थक जाती हूं कि फिर सीधे हॉस्टल में जाकर खाना खाकर रूम में सो जाती हूं।"

"अच्छा! बस यही है तेरा दिनभर का रूटीन। तू कौन सा हमें सारी बातें बताएगी।" मां ने इतराते हुए कहा।

''भईया, अब आप ही बताओ मम्मी को कि कितनी मुश्किल होती है इंजीनियरिंग की पढ़ाई। और कितना सारा काम करना पड़ता है हॉस्टल में खुद से।''

''प्रतिभा, मैं क्या बताऊं। सबका अपना अलग-अलग अनुभव होता है। मैं तो हॉस्टल में दोस्तों के साथ खूब मज़े करता था। कॉलेज की पढ़ाई तो साथ-साथ चलती रहती थी।''

''भईया, आप मत भड़काओ मम्मी को। वह तो पहले ही बहुत शक्की मिजाज़ की हैं। आपके ऐसा बोलने से न जाने वह और कितनी शक्की हो जाएंगी।'' प्रतिभा की यह बातें सुनकर धर्म हंसने लगा।

''तुम दोनों भाई-बहन आपस में बातें करो। मैं जाकर खाना पकाती हूं।'' मां ऐसा बोल के रसोई की ओर चल पड़ी।

''पापा, आप आज भी न्यूज़ देखेंगे?'' प्रतिभा ने शरारती अंदाज मे पूछा।

''क्यों? आज ऐसी क्या बात है जो न देखूं?'' पिताजी ने टीवी की ओर नजरे बनाए हुए कहा।

''पापा, आज तो रिमोट मुझे दे दीजिए। आज के दिन तो मुझे अपनी पसंद की चीज देखने को मिलनी चाहिए। क्यों भईया?''

प्रतिभा ने धर्म की सहमति मांगते हुए बोला। लेकिन धर्म चुपचाप रहा।

"यह लो, देख लो अपनी पसंद का प्रोग्राम।" पिताजी ने रिमोट प्रतिभा को देते हुए कहा। "मैं जाकर तुम्हारी मम्मी का हाथ बंटाता हूं रसोई में।"

"भईया आप क्या देखोगे?"

"कुछ नहीं। तू अपनी पसंद का देख ले।"

प्रतिभा ने अपनी पसंद का चैनल लगा लिया। धर्म चुपचाप एक दर्शक की तरह बैठा रहा। उसे टीवी की स्क्रीन पर दिखाई तो बहुत कुछ दे रहा था लेकिन उसके भीतर जा कुछ नहीं रहा था। क्योंकि वहां पहले से ही बहुत कुछ चल रहा था। जिसकी वजह से कुछ भी और भीतर जाने की गुंजाइश नाम मात्र थी।

5.

डायरी

❧

अगली सुबह जब धर्म नींद से जागा तो उसने उसकी स्टडी टेबल पर रखी हुई एक डायरी की ओर देखा। उस डायरी को देख उसके चेहरे पर एक अजीब सा भाव उत्पन्न हुआ। ऐसा भाव जो न खुशी व्यक्त कर रहा था और न दुख। यह एक ऐसा भाव था जिसे उसके सिवा कोई और नहीं समझ सकता था। ऐसा उसे लगता था। धर्म ने फट से अपनी नज़र उस डायरी पर से फेर ली और अपनी रोज के दिनचर्या पर लग गया।

आज रसोई में मां के साथ प्रतिभा भी खाना पका रही थी।

"भईया, आप ऑफिस के लिए तैयार हो गए?" प्रतिभा ने खाने की मेज पर पानी का जग रखते हुए पूछा। इस बात का ज़वाब धर्म ने केवल गर्दन हिला कर ही दिया।

प्रतिभा रसोई में मां के पास जाकर धीरे से बोली, "मां, आपको नहीं लगता कि भईया पहले से ज्यादा चुप-चुप रहने लगे हैं?"

मां ने रोटी बेलते हुए प्रतिभा की ओर देखा और बोली, "प्रतिभा, इस बारे में हम बाद में बात करेंगे। उसकी मां ने कोई ज्यादा रुचि न दिखाते हुए जवाब दिया। प्रतिभा समझ गई थी कि मां इस बात पर कोई भी चर्चा धर्म की उपस्थिति में नहीं करना चाहती थी।

"प्रतिभा, जा के पापा को बोल दे कि नाश्ता तैयार हो गया है।" प्रतिभा अभी भी सोच में थी कि ऐसा क्या हुआ उसके भाई को जो वह पहले जैसा नहीं रहा। इसी सोच में वह रसोई से बाहर चली गई।

"मम्मी, मेरा लंच बॉक्स पैक कर दिया?" धर्म ने पूछा।
"बस हो गया। तू तब तक नाश्ता कर ले, बेटा।"

"मां, मैंने फल खा लिया है। अब ऑफिस जाकर सीधा लंच करुंगा।"

मां ने लंच बॉक्स उसके हाथ में देते हुए कहा, "ठीक से खा लेना।"

धर्म घर के दरवाज़े से बाहर निकल ही रहा था कि तभी वह वापस अपने कमरे की ओर तेजी से गया।

"क्या हुआ, भईया?" प्रतिभा ने सेब चबाते हुए पूछा।

"कुछ नहीं। एक फाइल टेबल पर भूल गया।" धर्म ने अपने कमरे से वह डायरी उठाई और फटाफट अपने ऑफिस बैग में

रख ली। यह डायरी कहीं उसकी बहन न देख ले इस डर से वह आज इसे अपने साथ ऑफिस लेकर जा रहा था। पापा मम्मी को तो अपने ही कामों से फुर्सत नहीं मिलती थी जो कि उसकी डायरी को खोलकर भी देख लें। उन्होंने तो शायद ही कभी इस डायरी पर नजर तक डाली हो। लेकिन प्रतिभा जरूर इस डायरी को खोलकर देख लेती। धर्म चुपचाप घर से बाहर निकल गया। इतनी देर में तो प्रतिभा और उसकी मां ने आंखों ही आंखों में कई सवाल जवाब कर डाले।

"श्रीमती जी, अब नाश्ता बन गया है तो गरमा गरम खिला भी दो।" पिताजी ने रसोई के दरवाज़े पर खड़ी प्रतिभा की मां से कहा। मां और प्रतिभा तुरंत ही खाने की मेज पर नाश्ते में बने हुए पकवान सजाने लगी।

नाश्ते के दौरान उन तीनों ने कई तरह की बातें की। जिनमें ज्यादातर बातें प्रतिभा की पढ़ाई और उसके हॉस्टल जीवन की थी। प्रतिभा और उसकी माँ ने सोचा कि धर्म के संबंध में उस समय कोई भी बात न छेड़ना ही बेहतर होगा। मगर भीतर ही भीतर दोनों ने यह ठान लिया था कि नाश्ते के बाद अकेले में वह दोनों इस विषय पर पीएचडी जरूर करेंगी।

6.

चिंता

॰॰॰

प्रतिभा अपने कमरे में अकेली बैठी हुई थी। तभी उसकी मां दरवाजे पर आकर खड़ी हो गई।

''प्रतिभा, बेटे।''

''हां, मम्मी।'' प्रतिभा ने किताब पर से नज़र हटाते हुए कहा।

''अगर तू पढ़ाई कर रही है तो फिर रहने दे।''

''पढ़ाई तो कर रही हूँ, मम्मी। मगर क्या रहने दूं?'' प्रतिभा की आंखों में शैतानी छलक उठी।

''सुबह तू पूछ रही थी न...''

''क्या मम्मी?''

'तेरे भईया के बारे में।' मां ने धीमी आवाज में बोला।

''ओ, हाँ।'' प्रतिभा अपनी कुर्सी से एकदम उठ खड़ी हुई। मानो उसमें कोई स्प्रिंग लगा हो।

'क्या हुआ भईया को, मां?'

'ऊपर छत पर चल। यहां तेरे पापा सुन लेंगे। मैं उनके सामने इस विषय पर कोई चर्चा नहीं करना चाहती।'

ऐसा कहते ही मां छत की ओर जाती हुई सीढ़ियों पर फुर्ती से चल पड़ी और प्रतिभा भी अपनी मां के पीछे चल पड़ी। उसने एक हलकी नज़र से अपने पिता की ओर देखा जो कि हमेशा की तरह न्यूज़ देख रहे थे।

"पापा बोर नहीं हो जाते सारा दिन न्यूज़ देखकर।" प्रतिभा ने मन ही मन बोला और तेजी से छत पर जा पहुंची।

"मां, एक बात सुनो।"

"क्या?" मां ने छत पर सुख रहे कपड़ों को पलटते हुए पूछा।

"अब छत पर आकर आस-पड़ोस की आंटियों से बातें करने मत लगा जाना। पहले मुझे सारी बात बताओ उसके बाद फिर जितनी मर्जी बातें करना।"

"कोई आंटी नहीं आने वाली अभी।"

"अच्छी बात है। अब बताओ क्या बात हो गई।" मां और प्रतिभा दोनों छत पर रखी एक चारपाई पर बैठ गई।"

"तेरे भईया नौकरी छोड़ना चाहते हैं।"' मां ने चिंता जताते हुए कहा।

'नौकरी छोड़ना चाहता है! लेकिन क्यों?" प्रतिभा ने आंखों को सिकोड़ते हुए पूछा।

''धर्म कहता है कि उसका इस काम में मन नहीं लगता।'' मां ने एक लंबी गहरी सांस छोड़ते हुए कहा।

''मगर भईया तो हमेशा से ही इंजीनियर बनना चाहते थे।''

''क्या बताऊं बेटा। तेरे पापा बोलते नहीं मगर अंदर-ही-अंदर परेशान रहते हैं।''

''नौकरी छोड़कर फिर भईया क्या करना चाहते हैं, मम्मी?''

''कहता है कहानियां लिखेगा।''

'कहानियाँ!?'

''हां...पता नहीं क्या हो गया है धर्म को।''

''बात तो सोचने वाली है, मम्मी। भईया क्या लिखेंगे... और कैसी होगी उनकी कहानियां?''

''तुझे कहानियों की पड़ी है। हमें तो यह चिंता है कि उसका भविष्य कैसा होगा। अच्छी खासी नौकरी है। अच्छी कमाई है। रिश्ते भी बहुत अच्छे मिल जाएंगे। कहानी लिखने वालों को तो कोई लड़की भी नहीं देगा।'' मां ने शोक भरी आवाज़ में कहा।''

''मम्मी, आपको भईया की शादी की पड़ी है। मुझे तो लगता है भईया शादी ही नहीं करना चाहते हैं। तभी शायद वह लेखक बनने की सोच रहे हैं।''

दोनों मां बेटी अपनी कल्पनाओं के जाल बुनने में व्यस्त हो गईं।

"मैं आज शाम को भईया से इस बारे में बात करती हूं।"

"नहीं। आज शाम नहीं। वह समझ जाएगा कि मैंने तुम्हें यह बात बता दी है।"

"तो फिर क्या हो गया, मां। आप ही तो बताओगी। मैं तो आज ही बात करूंगी।"

"प्रतिभा...वह खुद ही तुझे बता देगा एक-दो दिनों में। थोड़ा सब्र रख।"

"आपको कैसे पता?"

"मां हूं मैं तुम दोनों की। वह तुझे खुद ही बताएगा।"

प्रतिभा ने अपनी मां की आंखों में देखते हुए कहा, "हां, मां तो हो आप हमारी।" दोनों ही कुछ घड़ी के लिए खामोश होकर उस बात की गहराई को मन-ही-मन मापने लगीं।

7.

इस्तीफा

〜

आज ऑफिस का एयर कंडीशनर भी धर्म के माथे पर पसीने को आने से रोक नहीं पा रहा था। धर्म ने जैसे-तैसे करके लंच तक का समय निकाला। लंच ब्रेक में धर्म ने बाहर जाकर टहलने का सोचा। उसका मन खाना खाने को नहीं कर रहा था। उसका मन किसी भी काम में नहीं लग रहा था। वह ऑफिस की इमारत के पास बने एक छोटे से पार्क में रखे बेंच पर जाकर बैठ गया। धर्म जानता था कि उसका एक फैसला उसकी ज़िंदगी बना भी सकता था और बिगाड़ भी। लेकिन वह सिर्फ वही करना चाहता था जो उस समय उसकी आत्मा उसे करने को कह रही थी। वह खुद को और रोक नहीं सकता था। हर दिन उसकी आत्मा उससे सवाल करती कि आखिरकार कब तक वह उसे इस तरह अनसुना करता रहेगा।

धर्म इतना खो गया था अपने अंदर के सवाल-जवाब के सिलसिले में कि उसे यह खबर तक न लगी कि लंच ब्रेक कब का खत्म हो चुका था। जब बिल्डिंग के चौकीदार ने उससे वक्त

पूछा तब कहीं जाकर उसे पता चला कि वह समय से काफी ज्यादा बैठ गया था।

<hr>

"धर्म, तुम कहां थे?" उसके पास वाले केबिन से एक मीठी सी आवाज़ ने पूछा।

"कहीं नहीं। बस बाहर पार्क तक गया था।" धर्म ने धीमी आवाज़ में उत्तर दिया।

"फिर क्या सोचा तुमने?" उस आवाज़ ने एक बार दोबारा धर्म से सवाल किया।

"किस बारे में?" धर्म ने गंभीर आवाज़ में पूछा।

"बनो मत, धर्म।" यह कहते ही वह आवाज़ अब धर्म के केबिन में जा पहुंची।

"साक्षी, तुम क्या सुनना चाहती हो?" धर्म ने अपने सामने खड़ी एक बेहद खूबसूरत लड़की को बड़ी बेरुखी से कहा। जिसकी खूबसूरती भी धर्म के चेहरे से शिकन न मिटा सकी।

"धर्म, हम दोनों ने शायद पिछले कुछ दिनों में बहुत सारी बातें की है। और किस विषय में की है यह बात तुम्हें अच्छे से पता है।" साक्षी ने पैनी नज़रों से धर्म की ओर देखा। धर्म ने उसकी बातों में छुपी भावनाओं को भांप लिया था। लेकिन वह कुछ भी कहने को तैयार नहीं था।

“आज रात मुझे कॉल करके साफ-साफ बता देना।” ऐसा बोल के साक्षी अपने केबिन की ओर चली गई।

✻✻✻

रात को खाने की टेबल पर जब प्रतिभा धर्म की ओर देख रही थी, तभी धर्म ने भी उसकी ओर देखा। प्रतिभा ने घबरा कर धर्म के पास पड़ी सब्ज़ी की ओर इशारा करते हुए कहा, “भईया, यह सब्जी पास करना।” धर्म को ज़रा भी अंदाज़ा न था कि उसकी बहन को उसके नौकरी छोड़ कर राइटर बनने की योजना की भनक लग चुकी थी।

“भईया, कैसा रहा आपका दिन?” प्रतिभा ने अपनी थाली में सब्जी परोसते हुए पूछा।

“ठीक था।” धर्म ने थाली की ओर नज़रें गड़ाए हुए जवाब दिया। मां और पिताजी ने एक दूसरे की ओर देखा और फिर बिना कुछ बोले खाना खाने लगे। वह दोनों भी बहुत कुछ पूछना चाहते थे अपने बेटे से लेकिन उन दोनों ने अपनी इस चाहत पर जैसे-तैसे ताला लगा लिया था। वह धर्म को उसकी अपनी समझ से जीवन जीने की आज़ादी देने में ज्यादा विश्वास रखते थे न कि उसे हर बात पर बच्चों की तरह समझाने के। वह दोनों हमेशा तो उसे समझाने नहीं आ

पाएंगे क्यूंकि कभी-न-कभी तो उनकी जीवन लीला समाप्त होगी। आखिरकार एक-न-एक दिन तो उसको अकेले जीना सीखना होगा।

खाना खाने के बाद रोज़ की तरह धर्म बाहर टहलने निकल गया। प्रतिभा भी उसके पीछे-पीछे निकल पड़ी। प्रतिभा को अपने पीछे आता देख धर्म ने उससे पूछा, "तू क्या कर रही है यहां?"

"टहल रही हूं।"

"अच्छा! तू कब से टहलने लगी?" धर्म ने व्यंग्यपूर्वक पूछा।

"हॉस्टल जाकर बहुत कुछ सीख लिया, भईया।" उसने मुस्कुराते हुए जवाब दिया। अभी कुछ दो-चार मिनट ही हुए थे कि धर्म के मोबाइल पर मैसेज की बीप आने लगी। धर्म ने झट से प्रतिभा की ओर देखा और कहा, "अच्छा प्रतिभा मैं सोने जा रहा हूं।"

प्रतिभा इतना तो समझ चुकी थी कि उसका भाई सोने तो नहीं जा रहा था। जिस तरह उसका मोबाइल बीप कर रहा था उस हिसाब से तो वह अभी फ़ोन पर बात करेगा। प्रतिभा भी थोड़ी देर बाद अंदर चली गयी।

۞ ۞ ۞

कमरे का दरवाजा बंद करते ही धर्म ने अपना मोबाइल लोअर की जेब से निकाला। वह बिस्तर के एक कोने में जाकर बैठ गया। उसने एक कॉल लगाई और फोन को कान पर रखते हुए एक गहरी लंबी सांस ली।

‘‘हेलो।’’ फोन के दूसरी तरफ से आवाज़ आई। धर्म का दिल ज़ोरो से धड़कने लगा। एक पल की खामोशी के बाद धर्म ने हिम्मत जुटाते हुए कहा, ‘‘हेलो, साक्षी।’’

‘‘धर्म, मैं तुम्हारी कॉल का इंतज़ार कब से कर रही थी। कहां रह गए थे?’’

‘‘साक्षी, बस खाना अभी थोड़ी देर पहले ही खाया है। तुम्हें कॉल करने ही वाला था। उतने में तुम्हारा ही मैसेज आ गया।’’

‘‘फिर क्या फैसला लिया तुमने?’’ साक्षी ने बिना देर किए पूछा।

‘‘साक्षी, मेरा वही फैसला है।’’

‘‘मतलब?’’ साक्षी की आवाज़ में निराशा झलक उठी।

‘‘मतलब यही कि मैं इस्तीफा दे रहा हूं।’’

‘‘तो तुम अब राइटर बनोगे। अपना इतना अच्छा स्टेबल करियर छोड़कर तुम राइटर बनोगे!?’’

‘‘अभी मुझे कोई स्टेबिलिटी नहीं चाहिए, साक्षी। इस वक्त मैं अपने सपने को जीना चाहता हूं।’’

''और हमारे सपने? उनका क्या? बोलो धर्म।'' साक्षी की आंखों से आंसू बहने लगे।

''साक्षी, हमारे सपने अभी भी पूरे हो सकते हैं। हम कौन सा ब्रेकअप कर रहे हैं।'' धर्म ने साक्षी की भावनाओं को समझते हुए कहा। वह उसे दुखी नहीं कर सकता था। साक्षी ही उसकी प्रेरणा थी। उसका भोलापन ही उसे सबसे ज्यादा प्रेरित करता था जीने के लिए।

''कैसे होंगे हमारे सपने पूरे? तुम जॉब छोड़कर एक ऐसा करियर बनाना चाहते हो जिसमें स्टेबिलिटी तो छोड़ो, दो वक्त की रोटी का इंतजाम भी हो पाएगा या नहीं।''

''साक्षी, कुछ सालो तक तो संघर्ष करना ही होगा।''

''धर्म, लेकिन संघर्ष करना ही क्यों? सब कुछ इतना अच्छा चल रहा है। जब तुम्हारे पास इतनी अच्छी नौकरी है। इतना अच्छा पैकेज है। तो संघर्ष क्यों करना है? और तो और, मेरे पैरंट्स को कौन समझाएगा यह बातें? उन्हें राइटर दामाद नहीं चाहिए। उन्हें इंजीनियर ही चाहिए। जो कि तुम हो।''

''साक्षी, मैं फैसला ले चुका हूं। अब आगे तुम्हारी मर्ज़ी है। तुम्हें मेरा साथ देना है या नहीं।'' धर्म ने बड़ी हिम्मत के साथ बोला।

''ठीक है, धर्म। तुम बनो राइटर। मैं तुम्हें रोक भी नहीं पाऊंगी। लेकिन अगर पैरंट्स ने शादी के लिए फोर्स किया और लड़का उनको पसंद आ गया तो फिर मैं शादी कर लूंगी।''

"साक्षी, क्या तुम मेरा साथ नहीं दोगी? तुम भी तो इंजीनियर हो। तुम भी तो परिवार को आर्थिक सहयोग दे सकती हो। मेरे पास भी तो कुछ सेविंग्स है।''

"सेविंग्स से घर नहीं चलता, धर्म। रेगुलर इनकम का होना बहुत जरूरी है।''

"तुम सही कह रही हो, साक्षी। तुम शादी कर लेना जब तुम्हें कोई रेगुलर इनकम वाला मिल जाए।''

साक्षी के आंसू थमने का नाम नहीं ले रहे थे। लेकिन उसने इस बात का ज़रा भी अंदाजा धर्म को नहीं लगने दिया। वहीं दूसरी ओर धर्म मानो पत्थर का बन गया था।

"अब हमें एक दूसरे को कॉल नहीं करना चाहिए।'' साक्षी ने सख्त अंदाज़ में कहा।

"जैसा तुम्हें ठीक लगे, साक्षी।'' धर्म के पास मानो लड़ने की भी कोई वज़ह नहीं रह गई थी।

"गुडबाय, धर्म। आशा करती हूं कि तुम अपने सपने पूरे कर सको।''

"थैंक्स, साक्षी। गुडबाय।''

दोनों ने कॉल डिस्कनेक्ट की। आज की रात शायद बेहद लंबी रहने वाली थी दोनों के लिए।

8.

फुल एंड फाइनल

अगली सुबह रविवार का दिन था। प्रतिभा अपने कमरे में पैकिंग कर रही थी। तभी धर्म उसके पास आकर खड़ा हो गया।

"प्रतिभा, पैकिंग हो गई?" धर्म ने पूछा।

"हां, भईया। लगभग हो गई। अब सर्दियां शुरू होने वाली है तो गर्म कपड़े भी पैक कर रही हूं। पापा-मम्मी ने कंबल-रजाई भी दे दी।" प्रतिभा ने बेड पर पड़ी नई कंबल और रजाई की ओर देखते हुए कहा। धर्म ने भी सामान की ओर एक नज़र डालते हुए कहा, "अच्छी बात है। सर्दियों की तैयारी तो करनी ही चाहिए।"

"हां, भईया। सारा सामान लाद के अब बस में सफ़र करूंगी।" प्रतिभा ने एक गहरी सांस लेते हुए कहा और फिर रो पैकिंग करने लगी।

"प्रतिभा, तुझसे कुछ बात करनी थी।"

"बोलो, भईया।" प्रतिभा अपनी किताबों को समेटने लगी।

"मैं नौकरी छोड़ रहा हूं।" प्रतिभा ने किताबें वापिस टेबल पर रख दी और धर्म की ओर हैरानी से देखने लगी।

“लेकिन क्यों?” प्रतिभा नहीं चाहती थी कि उसके भाई को पता चले कि उसे इस बात की जानकारी पहले से ही थी। इसलिए उसने थोड़ी हैरानी भरी आवाज़ में पूछा।

“पापा-मम्मी को बताया आपने?”

“हां, मैंने मां-पापा को पहले ही बता दिया था इस विषय में। आज तुम वापिस जा रही हो तो मुझे लगा तुझे भी बता दूं।”

“भईया, लेकिन जॉब क्यों छोड़ रहे हो?”

“मैं अपने काम में खुद को खुश महसूस नहीं करता। मेरा दिल अब इस काम में नहीं लगता।”

“भईया, सॉफ्टवेयर इंजीनियरिंग तो आपने अपनी खुशी से की थी। और आपको तो पांच साल हो गए इस प्रोफेशन में। आपने तो बहुत अच्छा करियर भी बना लिया है। फिर अब अचानक ऐसा क्या हो गया कि आपका जॉब में मन नहीं लग रहा है?”

“प्रतिभा, जीवन में क्या चाहिए, इस बात को समझने के लिए समय लगता है। मुझे भी ज़िंदगी जीने का असल मतलब अब समझ आने लगा है।”

“तो अब आपकी ज़िंदगी आपको क्या करने को बोल रही है?”

“मैं एक लेखक बनना चाहता हूं।”

“तो आप अब सॉफ्टवेयर की बुक्स लिखेंगे?”

"नहीं, मैं ह्यूमन इमोशंस के टच में रहना चाहता हूं। मैं कहानियाँ लिखना चाहता हूं।" धर्म के चेहरे पर एक मुस्कान फूट पड़ी।

"ओके… आप कहानियाँ लिखना चाहते हो।" प्रतिभा ने अपने भाई का हाथ अपने हाथ में लेते हुए कहा, "भईया, आप अच्छे से सोच के बताओ। क्या कहानियाँ लिखने से आप एक अच्छा भविष्य बना पाएंगे?"

"पता नहीं। अभी तक तो सिर्फ इतना सोचा है कि अब अपने दिल की सुन लूं। मैं अपनी आगे की जिंदगी इस रिग्रेट में नहीं जीना चाहता कि जब समय था तब मैंने अपने सपनों के लिए कुछ भी नहीं किया।"

"भईया, मुझे तो इतना पता है कि आप जो भी चाहते हो वह करके ही दम लोगे। मेरी मंगलकामनाएं आपके साथ है।"

"चलो, यह देखकर मुझे अच्छा लगा कि कम-से-कम तुम्हें तो मुझ पर विश्वास है।"

"भाई हो आप मेरे। आपको देखकर ही तो मैं इंजीनियरिंग कर रही हूं। बस मुझे भी राइटर बनने का कीड़ा न लग जाए आपकी तरह।" धर्म और प्रतिभा दोनों ही जोरों से हंसने लगे।

उनकी हंसी सुनकर पिताजी ने मां की ओर देखते हुए कहा, "अब हो गया फुल एंड फाइनल।"

"क्या?" मां ने पूछा।

"हमारा बेटा राइटर बनने जा रहा है।"

"अब लोग मुझे इंजीनियर की माँ नहीं लेखक की मां बोलेंगे।" खुशी से ज्यादा मां की आवाज में दुख था।

"दुखी मत हो धर्म की मां। हमारे घर में एक कहानीकार ने जन्म लिया है। न जाने उसकी कौन सी लिखी कहानी दुनियाभर में प्रसिद्ध हो जाए।"

"आपको कोई दुख नहीं कि आपका बेटा भविष्य में क्या करेगा?"

"नहीं। मुझे लगता है कुछ तो कर ही लेगा।" ऐसा कहकर पिताजी मुस्कुरा दिए।

9.

व्हीलचेयर

॰

दरवाज़े पर कोई खटखटा रहा था जिसकी वज़ह से धर्म की नींद खुली। उसे लगा मानों वह अपने घर में ही सो रहा था। कल की लंबी ड्राइविंग से धर्म को काफी थकावट हो गई थी। उसने बेमन से बिस्तर छोड़ते हुए दरवाज़ा खोला।

"गुड मॉर्निंग, सर। ब्रेकफास्ट रेडी हो रहा है। आप 15-20 मिनट में डाइनिंग हॉल आ जाएं।" कल रात को जो लड़का धर्म को कमरे तक लाया था उसने कहा।

"विवेक, डाइनिंग हॉल कहां पर है?" धर्म की आंखों में नींद भरी थी।

"रिसेप्शन के दाहिनी तरफ वाले दरवाज़े पर 'डाइनिंग रूम' लिखा होगा। वही है।"

"ठीक है।"

विवेक वहां से चला गया। धर्म ने अपने मोबाइल में टाइम देखा। "आठ बज गए। बाहर तो मौसम अभी भी बहुत ठंडा लग रहा है।" धर्म ने खिड़की से पर्दा हटाते हुए कहा।

कोई आधे घंटे बाद धर्म डाइनिंग रूम की ओर गया। उसे होमस्टे में रहने का कोई खास अनुभव नहीं था। उसने वही किया जो उसे विवेक ने कहा। धर्म सीढ़ियां उतरते समय नई ताज़गी का अनुभव कर रहा था। रिसेप्शन से पहले एक कमरा था। कमरे का दरवाज़ा खुला होने के कारण धर्म की नज़र उस कमरे की ओर पड़ी। उस कमरे से ग़ज़लों की आवाज़ आ रही थी। उसने कमरे के अंदर देखने का प्रयास किया। कमरे के एक कोने में धर्म को एक व्हीलचेयर दिखाई पड़ी। धर्म को ऐसा लग रहा था कि जैसे वह कमरा उसे अपनी ओर आकर्षित कर रहा हो। धर्म कमरे के अंदर जाना चाहता था। लेकिन उसने वहां से आगे बढ़ना ही सही समझा। वह नहीं चाहता था कि वहां से गुज़रने वाले लोग उसे एक चोर या जासूस समझ बैठें।

डाइनिंग रूम का दरवाज़ा खोलते ही खाने की सुगंध आने लगी। धर्म ने देखा कि खाना नीचे बैठकर खाया जा रहा था। वहां पर उसके अलावा कुछ और गेस्ट्स भी थे। जिनमें से एक तो नव विवाहित जोड़ा लग रहा था, कुछ परिवार थे, और कुछ विद्यार्थी भी थे।

"हेलो, सर। आपको नीचे बैठकर खाना होगा, सर। यह हमारा पहाड़ी कल्चर है।" विवेक ने मुस्कुराते हुए कहा।

"यह टेबल्स बहुत सुंदर है। पहली बार देख रहा हूं मैं ऐसा कल्चर।" धर्म ने अपने चारों ओर देखा। वह खिड़की के पास

रखी एक बैठक पर जा बैठा। खिड़कियों की लंबाई काफी ऊंची थी। उनमें से बाहर का नज़ारा बहुत ही खूबसूरत दिख रहा था।

"सर आज ब्रेकफास्ट में आलू के परांठे हैं।" विवेक ने एक थाली में गरमा-गरम आलू पराठा धर्म की मेज़ पर रखते हुए कहा। गरमा-गरम आलू का पराठा देखकर धर्म के मुंह में पानी भर आया था।

"सर आप दही लेंगे?" विवेक ने पूछा।

"नहीं, बहुत ठंड है आज। हां, एक कप चाय जरूर चाहिए।"

"थोड़ी देर में लाता हूं, सर।" ऐसा कहते हुए विवेक किचन में चला गया।

धर्म ने खाना शुरू किया। पराठा बहुत नर्म और गर्म दोनों ही था। मेज़ पर कैचअप, मक्खन, और अचार रखा हुआ था। धर्म ने थोड़ा सा मक्खन अपने पराठे पर रखा और वह धीरे-धीरे गर्माहट की वजह से पिघलने लगा।

धर्म ने खाने का स्वाद लेते हुए खिड़की के बाहर देखा और सोचने लगा, "कितना सुंदर नज़ारा है यह प्रकृति का।" चारों ओर बड़े-बड़े पहाड़ थे। ठंड की वजह से बगीचे में लगे सेब के पेड़ों के पत्ते गिर चुके थे। लेकिन फिर भी सब कुछ बेहद मनोहक था।

विवेक ने धीरे से धर्म की मेज़ पर चाय का कप रखते हुए पूछा, "सर, आप और पराठा लेंगे?"

"हां, एक और।" धर्म को ऐसा लग रहा था जैसे वह किसी बेहद खूबसूरत कहानी का हिस्सा था। सब कुछ एक कहानी जैसा लग रहा था। शहर का कोई शोर नहीं, कोई भाग-दौड़ नहीं। सब कुछ धीमा हो गया था। वह हर एक लम्हे को महसूस कर पा रहा था। इसी ठहराव की तो उसे तलाश थी।

चाय की चुस्की के साथ इन पहाड़ों को निहारने का अनुभव धर्म के लिए बहुत अनूठा था। यह अनुभव धर्म को अपने जीवन की आखिरी सांस तक याद रहने वाला था। यूं तो पहले भी धर्म पहाड़ों में घूमने गया था। लेकिन इस बार सब कुछ नया सा लग रहा था। शायद इस बार वह हर चीज को एक लेखक की दृष्टि से अनुभव कर रहा था। वह सब कुछ गहराई से महसूस कर रहा था।

ब्रेकफास्ट करके धर्म जैसे ही डाइनिंग हॉल से बाहर निकला उसकी नज़र रिसेप्शन की दीवारों पर सजाई हुई तस्वीरों पर गई। कल उसका ध्यान इन तस्वीरों पर नहीं पड़ा था। उस समय उसका सारा ध्यान कमरे में जाकर आराम करने पर था।

इन तस्वीरों में पहाड़ों की खूबसूरती को कैद किया हुआ था। कुछ तस्वीरें जंगलों में ली गई थी। जिनमें से कुछ तस्वीरों में टूरिस्ट योग कर रहे थे। इन सभी तस्वीरों में एक तस्वीर ऐसी थी जिसने धर्म को अपनी ओर आकर्षित किया। इस तस्वीर में वही व्हीलचेयर थी जो कुछ देर पहले उसने पास वाले कमरे में

देखी थी। उस व्हीलचेयर पर एक बहुत सुंदर स्त्री बैठी हुई थी। उसके चेहरे की हंसी देखकर धर्म को थोड़ा अचरज जरूर हुआ। यही स्त्री बाकी कई और तस्वीरों में भी थी। लेकिन उन सब तस्वीरों में वह अपने पाँव पर खड़ी थी। और उसकी वही हंसी उसकी हर तस्वीर में थी। धर्म अब उस स्त्री के विषय में जानने के लिए उत्सुक हो उठा। आखिरकार वह एक कहानीकार था। जिस वज़ह से विचित्र और अनोखी बातों का उसे अपनी और आकर्षित करना स्वाभाविक ही था।

वह एक बार फिर से उन सभी तस्वीरों को ध्यान से देखने लगा। हर तस्वीर में उस स्त्री का होना और व्हीलचेयर का होमस्टे में होना इस बात की तरफ़ इशारा कर रहा था कि हो-न-हो यह स्त्री इसी होमस्टे से ताल्लुक रखती थी। तस्वीरों से झलकती उसकी ज़िंदादिली धर्म के भीतर मानो एक नई जिंदगी भर गई हो।

10.

पहला पेज

धर्म अपने रूम में वापस आ चुका था। वापसी में उसे वह व्हीलचेयर वाला कमरा बंद दिखा। इसलिए उसने उस समय अंदर जाकर बात करना सही नहीं समझा। उस हंसते हुए चेहरे को अपने ज़हन से हटा पाना धर्म के लिए मुश्किल हो रहा था।

धर्म ने अपने बैकपैक से एक डायरी निकली। यह वही डायरी थी जो उसने प्रतिभा से छुपा कर रखी थी। धर्म थोड़ी देर तक डायरी को निहारता रहा और फिर उसने उस डायरी को एक पल के लिए अपने सीने से लगा लिया। वह कमरे में रखी चेयर पर जा बैठा। उसने डायरी खोली। उसके पहले पेज पर साफ लिखाई में 'कहानीकार' लिखा था। धर्म के लिए वह सिर्फ एक शब्द नहीं था। उस एक शब्द में मानो पूरा संसार बसा था धर्म का।

धर्म को वह दिन आज भी अच्छे से याद था जब उसने पहली बार कहानी लिखने का सोचा था। उसके अलावा इस बात का पता किसी को भी न था कि उस दिन धर्म ने पहली बार

साक्षी के लिए प्रेम का अनुभव किया था। वैसे तो वह साक्षी को कॉलेज के समय से जानता था। लेकिन प्यार उसे उस दिन हुआ जब उसने साक्षी को अपने ऑफिस में देखा था। साक्षी ने धर्म की कंपनी ज्वाइन की थी। धर्म उस कंपनी में अपने कॉलेज प्लेसमेंट के बाद से ही था। उसको वहां पर तीन साल का अनुभव हो चूका था। साक्षी की यह सेकंड जॉब थी।

वह साक्षी को ऑफिस में देखकर बहुत खुश हुआ था। न जाने उस पल में ऐसा क्या हो गया था कि धर्म खुद को साक्षी के प्यार में पड़ने से रोक न पाया। धर्म आज तक यह नहीं समझ पाया कि उस दिन साक्षी को देख कर उसके दिमाग रूपी कंप्यूटर में प्यार का सॉफ्टवेयर ऑटोमेटिकली कैसे इनस्टॉल हो गया था।

उस दिन साक्षी से बात करने के बाद उसने रात भर न जाने कितनी कहानियां अपने मन में गढ़ ली थी। वह खुद भी अपने अंदर आए इस बदलाव से हैरान था। वह समझ नहीं पा रहा था कि आखिरकार वह ऐसा क्यों महसूस कर रहा था। उसके ऑफिस में और भी कई सारी खूबसूरत लड़कियां थी। लेकिन उन्हें देखकर उसे ऐसा कभी भी महसूस नहीं हुआ जैसा साक्षी को देखकर हुआ।

उस रात जब धर्म को नींद नहीं आ रही थी तब उसने टेबल पर रखी एक खाली डायरी को खोला और उसके पहले पेज पर

'कहानीकार' लिख दिया। उस दिन वह इस बात से पूरी तरह बेख़बर था कि एक दिन वह सच में ही एक कहानीकार बनने की राह पर चल पड़ेगा। मगर इस बात की उसे पूरी ख़बर हो गई थी कि वह कल्पनाओं की दुनिया में गोते लगा सकता था और बहुत दूर तक जाने की क्षमता भी रखता था।

धर्म ने एक बार फिर से उस पहले पेज को ध्यान से देखा और डायरी बंद कर दी। उसके बाद के पन्नों पर धर्म ने कुछ छोटी-छोटी कहानियां लिखी थी। मगर वह एक ख़ास कहानी लिखना चाहता था। जिसकी वजह से उसने पहाड़ों की ओर रुख किया था। धर्म को यकीन था कि हिमाचल के इन विशाल पहाड़ों पर उसे ऐसी एक अनोखी कहानी लिखने की प्रेरणा जरूर मिलेगी।

उसने डायरी को फिर से बैकपैक में रख दिया और कमरे से बाहर चल पड़ा।

11.

दिलचस्प अजनबी

धर्म एक बार फिर से रिसेप्शन में लगी उन तस्वीरों को देखने चला गया। रिसेप्शन काउंटर पर खड़े विवेक ने धर्म की ओर एक स्माइल पास की।

"विवेक, यह तस्वीरे बहुत सुंदर है।"

"जी सर। जितने भी लोग यहां ठहरते हैं वह इन तस्वीरों को दो बार तो जरूर देखते हैं।"

"अच्छा, यह बात बताओ इन तस्वीरों में जो यह लेडी व्हीलचेयर पर है, यह कौन है?" धर्म ने फोटो को देखते हुए पूछा।

"यह गौरी जी हैं।" एक गहरी आवाज़ ने जवाब दिया।

धर्म ने पलट कर देखा। उसके पीछे एक अधेड़ उम्र का आदमी खड़ा था। "माफ कीजिए। आप कौन?" धर्म ने विनम्रता पूर्वक पूछा।

"धर्म सर, यह हमारे..."

"कुक हैं।" उस आदमी ने विवेक की बात को काटते हुए कहा। "नमस्ते धर्म जी।" उस व्यक्ति ने हाथों को जोड़ते हुए कहा। धर्म ने भी हाथ जोड़कर नमस्ते किया।

"यह गौरी जी हैं।" उस व्यक्ति ने फोटो की ओर इशारा करते हुए कहा। "वही मोहतरमा, जिनके बारे में आप पूछ रहे थे।"

"अच्छा। कौन हैं ये गौरी जी?"

"गौरी जी एक जादूगरनी हैं। इन्हीं की मेहरबानी से मैं यहां बावरची बन गया।" उसने खिलखिलाते अंदाज़ में कहा।

"मैं ठीक से समझा नहीं।" धर्म ने उस व्यक्ति की ओर देखते हुए कहा।

"इनके बारे में जानना चाहते हो तो एक लंबा समय लग सकता है। इतना समय है आपके पास, धर्म जी?"

"फुर्सत से घूमने आया हूं। यकीन मानिये काफी समय है मेरे पास।" धर्म ने जवाब दिया।

"मैं आपको दो शब्दों में बताऊं तो गौरी जी एक टूरिस्ट गाइड हैं। लेकिन यह तो उनका पेशा है। वह गौरी जी नहीं हैं।"

धर्म को उस व्यक्ति की बातें लुभाने लगी थी। वह उस व्यक्ति के भीतर एक दिलचस्प किरदार को उभरते हुए देख पा रहा था।

"वैसे आप क्या काम करते हैं, सर जी?" दिलचस्प अजनबी ने पूछा।

"मैं एक सॉफ्टवेयर इंजीनियर था। अब एक उपन्यासकार बनने की तैयारी में हूं।" धर्म ने मुस्कुराते हुए कहा।

"वाह! क्या बात है।"

"आप गौरी जी के बारे में बता रहे थे?" धर्म ने मुद्दे की बात पर आते हुए कहा।

"हां... गौरी जी। जैसा कि मैंने आपको पहले बताया था कि यह एक लंबी कहानी है तो क्यों न हम एक लम्बी सैर करने चलें। इसी बहाने पहाड़ों की सैर हो जाएगी और गौरी जी के बारे में विस्तार से बातें भी।"

"विचार तो काफी अच्छा है। तो ठीक है फिर चलते हैं एक लंबी वॉक पर।"

"बहुत बढ़िया। एक काम कीजिए। आप यहां रुकिए मैं विवेक को सूचित कर आता हूं। लंच की तैयारी भी करनी होगी इसलिए उसका यह जानना ज़रूरी है कि मैं कहां हूं। वरना लापता समझ बैठेगा मुझे।" ऐसा कहते ही वह रिसेप्शन की ओर वापस मुड़ गया।

"बड़ा सही आदमी मिल गया मुझे। वह भी पहले ही दिन।" धर्म ने मन ही मन सोचा।

कुछ ही देर में वह वापस आ गया।

"चलिए, धर्म जी। आपको एक सच्ची कहानी सुनाता हूं। वैसे भी आप एक लेखक बनना चाहते हैं तो फिर कहानी सुनने में तो बेशक ही आपको रुचि होगी।"

दोनों होमस्टे के मेन गेट की ओर चलने लगे। ढलान होने की वजह से उनकी चलने की गति खुद-ब-खुद ही बढ़ती जा रही थी।

"आपने अपना नाम नहीं बताया?" धर्म ने पूछा।

"आपने पूछा ही नहीं"

"ओह। क्या नाम है आपका?"

"मेरा नाम शिव है। शिव प्रसाद तिवारी।"

12.

मुक़द्दर की सिकंदर

~

सड़क के दोनों तरफ कुछ कंस्ट्रक्शन का काम चल रहा था। मजदूर अपने-अपने काम में लगे हुए थे। धर्म और शिव प्रसाद उन्हें अनदेखा करते हुए सड़क से गुज़र रहे थे। धर्म का पूरा ध्यान शिव प्रसाद की ओर लगा हुआ था। वह कहानी सुनने के लिए बेकरार था। वहीं दूसरी ओर शिव प्रसाद कहानी शुरू करने के लिए खुद को तैयार कर रहा था।

"यह सड़क आगे बाज़ार की ओर जाती है। फिर बाज़ार खत्म होते ही कुछ होमस्टे, गेस्ट हाउस, और छोटे-छोटे कॉटेज आएंगे। बहुत सुंदर नज़ारा है यहां से आगे।" शिव प्रसाद ने धर्म से कहा।

"यह जगह सच में काफी खूबसूरत है। पहले मैं मनाली जाने का सोच रहा था। फिर किसी ने मुझे जीभी जाने का सुझाव दिया। उन्होंने बताया था मुझे...यहां की अनछुई खूबसूरती के बारे में।"

"अब तो यहां भी प्रकृति के साथ बहुत छेड़-छाड़ हो गई है। लेकिन मनाली से काफी कम है।" शिव प्रसाद ने चिंता व्यक्त करते हुए कहा।

"शिव प्रसाद जी, आप यहां के लोकल तो नहीं लगते। तिवारी यहां नहीं होते।"

"नहीं-नहीं, मैं यहां का नहीं हूं। मैं दिल्ली से यहां घूमने आया था और फिर यही का हो के रह गया। वैसे तो मेरे पुरखे बिहार से हैं।"

"आप बिहारी हैं?" धर्म ने पूछा।

"हां। वैसे मैं कभी बिहार नहीं गया। मेरे दादा जी दिल्ली में सरकारी नौकरी करते थे। फिर पिताजी ने भी दिल्ली में ही काम किया। तो बिहार जाना कभी हुआ नहीं मेरा।"

दोनों बातें करते-करते कब बाज़ार से आगे निकल गए उन्हें पता न चला। गुफ्तगू में मगन होने से कुछ देर पहले, धर्म ने एक एटीएम क्यूबिकल देखा था। मगर अब वह जिस तरफ जा रहे थे वहां पेड़ों की संख्या बढ़ती ही जा रही थी।

"आप कहां से आए हैं, धर्म जी?"

"मैं भी दिल्ली से आया हूं।"

"अरे वाह! कहीं आप भी मेरी तरह बिहारी तो नहीं?"

"नहीं-नहीं। हमारा परिवार पार्टीशन के बाद पाकिस्तान से भारत आया था।"

"ओह…अच्छा।"

"आप गौरी के बारे में बताने वाले थे।" धर्म ने जिज्ञासा से पूछा।

"हां। वही बताने वाला हूं आपको। बैठने के लिए एक उचित जगह देख रहा हूँ।" शिव प्रसाद ने अपने आस-पास नज़रे दौड़ाते हुए कहा। "चलो वहां पर बैठते हैं।" शिव प्रसाद ने एक बड़े से पेड़ के नीचे पड़े दो पत्थरों की ओर इशारा करते हुए कहा।

धर्म उसके पीछे-पीछे चल दिया। उसे न जाने कितने सालों बाद ऐसा लग रहा था मानों जैसे जिंदगी में समय की कोई कमी नहीं थी। सब कुछ बहुत धीरे-धीरे चल रहा था। यह एहसास उसे भीतर-ही-भीतर बहुत सकारात्मक ऊर्जा प्रदान कर रहा था।

"बैठिए। आप इस वाले पत्थर पर और मैं इस वाले पर।" शिव प्रसाद ने अपने वाले पत्थर पर बैठते हुए कहा। धर्म ने पत्थर को देखा और ऐसी जगह तलाशी जिस जगह वह बिना गिरे लंबे समय के लिए बैठ सके।

"हां, तो कहानी कुछ ऐसी है…," शिव प्रसाद ने अपनी जैकेट के पॉकेट से लाइटर और बीड़ी का बंडल निकालते हुए कहा। "आप स्मोक करते हैं?" शिव प्रसाद ने बीड़ी का बंडल धर्म की ओर करते हुए पूछा।

"जी नहीं।"

शिव प्रसाद ने नए बंडल से एक बीड़ी निकाली। "अच्छी बात है। स्मोकिंग नहीं करनी चाहिए। धूम्रपान सेहत के लिए हानिकारक होता है। ऐसा हर जगह लिखा होता है।" शिव प्रसाद ने बीड़ी सुलगाते हुए कहा। फिर उसने लाइटर और बीड़ी का बंडल वापस जैकेट की पॉकेट में रख दिया। बीड़ी का एक कश लेने के बाद शिव प्रसाद के चेहरे की खुशी मानो दुगनी हो गई थी। उसने दो-चार कश और लिए।

धर्म का सब्र ज़वाब देने ही वाला था कि तभी शिव प्रसाद ने कहा, "हां, तो गौरी कौन है इस मुद्दे पर आते हैं।" शिव प्रसाद ने बीड़ी वाले हाथ को हवा में ऊँचा उठाते हुए कहा। उसकी नज़रें दूर कहीं पहाड़ी पर जा टिकी थी।

"गौरी को मैंने पहली बार इन्हीं वादियों में देखा था। उस समय मैं कोई 28-30 साल का था। घूमने की धुन मुझे पहाड़ों की ओर ले आई थी। मैं भी आपकी ही तरह अकेला आया था।" शिव प्रसाद धर्म को देखकर मुस्कुराया।

"गौरी मुझे एक दिन एक कैंपिंग ग्रुप के साथ दिखी थी। वह पहली ऐसी लड़की थी जिसे देखकर मुझे कुछ-कुछ हुआ था।" यह सुनते ही धर्म की हंसी छूट पड़ी।

"अरे! हंस क्यों रहे हैं आप?" क्या आपको कभी किसी को देखकर कुछ-कुछ नहीं हुआ?"

"हुआ है। लेकिन आपका वाला कुछ-कुछ मुझे मेरे वाले कुछ-कुछ से थोड़ा ज्यादा लगता है।"

"ज्यादा तो होगा ही। हमारे ज़माने में न स्मार्टफोन, न सोशल मीडिया, और न ही यूट्यूब था। जो लड़की आंखों में फिट हो जाती थी वही दिल में भी। आजकल तो एक से एक लड़कियां ऑनलाइन दिखती हैं। मगर मैं हर बार गौरी जैसी लड़की ही चाहूंगा। मेरा मतलब...गौरी को ही चाहूंगा। चाहे फिर उस समय सोशल मीडिया होता तो भी।"

"शिव प्रसाद जी, लेकिन आप यह बात बिना किसी अनुभव के कैसे बोल सकते हैं?

"वैसे ही जैसे आजकल के लोग सच्चे प्यार पर यकीन ही नहीं करते।"

शिव प्रसाद की आखिरी लाइन सुनकर धर्म सोच में पड़ गया।

"खैर छोड़िए इन बातों को। तो मैं कहां था?"

"कुछ-कुछ पर।" धर्म ने शरारती अंदाज में कहा।

"मुझे तो कुछ-कुछ हो गया था। लेकिन गौरी को मैं पसंद नहीं था। वह तो मुझे देखती भी नहीं थी। उन दिनों यहां ज्यादातर पर्यटक विदेशी ही होते थे। खासकर के इजरायली। आज भी यहां बहुत इजरायली आते हैं।"

"अच्छा। अब तो भारतीय पर्यटक भी काफी आते हैं। जीभी तो काफी लोकप्रिय हो गया है भारतीय युवाओं के बीच।" धर्म ने यहां आने से पहले थोड़ा बहुत शोध किया था।

"हाँ। काफी लोग अब आने लगे हैं। उस समय तो यहां गिने-चुने दो-तीन होमस्टे या गेस्ट हाउस थे। "

"फिर आप कहां रुके थे?"

"मैं उसी गेस्ट हाउस में रुका हुआ था जहां के टूरिस्ट्स को गौरी कैंपिंग के लिए ले जाती थी।"

"आप गए कभी कैंपिंग के लिए?"

"गया था एक बार। लेकिन रसोईया बनकर।"

"क्यों?"

"देखो, गौरी अंग्रेजी बोलती थी विदेशियों के साथ और मुझे उन दिनों न अंग्रेजी बोलनी आती थी और न ही समझ आती थी।"

"लेकिन आप तो दिल्ली में पले-बढ़े हैं। आपको समझ तो आती ही होगी।"

"क्या ख़ाख़ समझ आती थी। दसवीं के बाद तो स्कूल छोड़ दिया था। उसके बाद दो-तीन साल पिताजी ने आई.टी.आई. करवाया। लेकिन उस काम में भी मेरा मन नहीं लगा।"

"फिर आप क्या करते थे?"

"जो अभी करता हूं। खाना पकाने का काम।" शिव प्रसाद ने बड़े गर्व से कहा। "मां को रसोई में खाना बनाते देख मुझे खाना पकाने में रुचि आने लगी। फिर क्या था। रोज घर में खाना मैं ही पकाने लगा। फिर कभी भंडारे में, लंगरों में, और धीरे-धीरे शादियों में भी खाना पकाने का काम करने लग गया। मेरे हाथों का बना स्वादिष्ट खाना खाकर लोग कहने लगे थे कि, 'कुछ और नहीं, तू तो बावर्ची ही बनेगा, शिव प्रसाद।' और आज मैं वही हूं।"

"आज सुबह पराठे आपने बनाये थे?" धर्म ने पूछा।

"हां।" शिव प्रसाद ने मुस्कुराते हुए सिर हिलाया।

"अच्छे थे। काफी स्वादिष्ट।"

"धन्यवाद।" शिव प्रसाद ने बीड़ी का आखिरी कश भरते हुए कहा।

"तो मैं गौरी के कैंप में बतौर कुक गया। दो दिन का कैंप था तो मुझे गौरी को नज़दीक से समझने का ठीक-ठाक समय मिल गया था। गौरी उन विदेशियों को अंग्रेजी में लोकल साइट्स के बारे में बताती और मैं उसे छुप-छुप कर निहारता रहता था। गौरी मुइसे एक निश्चित दूरी बनाकर रखती थी।"

"ऐसा क्यों?" धर्म ने पूछा।

"अरे कमाल करते हो। कहां वह अंग्रेज़ी बोलने वाली, और कहां मैं बावर्ची। यह तो जानता ही था कि गौरी सिर्फ मेरे लिए एक सपना थी। एक सुंदर सुहाना सपना।"

"फिर उन दो दिनों में आपने क्या जाना गौरी के बारे में?"

"बहुत कुछ। पहली बात कि गौरी उस गेस्ट हाउस के मालिक की बेटी थी। दूसरी बात कि गौरी पहले से ही किसी को प्यार करती थी और उसके साथ उसकी मंगनी भी हो चुकी थी।"

"ओह!" धर्म ने दुख ज़ाहिर करते हुए कहा।

"पर फिर भी न जाने क्यों मेरा प्यार गौरी के लिए कम नहीं हुआ। गौरी की हिम्मत, उसका जोश, उसकी सादगी और उसका मज़बूत डील-डौल मुझे उसका फैन बना देता था। गौरी ने अपनी पूरी स्कूली शिक्षा शिमला से की थी। और शिमला से ही उसने एलएलबी की डिग्री भी हासिल की थी।"

"क्या बात है! काफ़ी मज़बूत शख्सियत हैं गौरी जी।"

"अब गौरी जी क्यों?"

"पहले वह सिर्फ एक तस्वीर में दिखाई देने वाली सुंदर महिला थी। लेकिन अब वह एक मज़बूत व्यक्तित्व के रूप में दिखाई दे रही है। तो इतना सम्मान देना तो बनता है।"

"धर्म जी, आप एक अच्छे लेखक बनेंगे। बात रखनी बखूबी आती है आपको और शब्दों से खेलने की कला भी है आप में।" शिव प्रसाद ने बीड़ी वाले हाथ से ताली बजाते हुए कहा।

"बहुत-बहुत धन्यवाद आपका।" धर्म ने सर को हल्का सा झुकाते हुए कहा। "मैं पूरी कोशिश करूंगा कि आपकी बोली यह बात साकार कर पाऊं।"

"जरूर कर पाओगे आप।"

एक पल की चुप्पी के बाद शिव प्रसाद ने अपनी जैकेट की जेब से लाइटर और बीड़ी का बंडल निकला। और फिर एक नई बीड़ी सुलगा ली। लाइटर और बीड़ी का बंडल वापस पॉकेट में रखते हुए शिव प्रसाद ने आगे की कहानी सुनानी शुरू की।

"मैं आया तो घूमने था लेकिन फिर बाद में मेरा यहां मन लग गया। मैंने गौरी के पिता, जो कि गेस्ट हाउस के मालिक थे, उनसे कुक की नौकरी करने की इच्छा ज़ाहिर की। उन्हें भी एक अच्छा बावर्ची चाहिए था। और मुझे गौरी को देखने के लिए वहां रहना था।" बीड़ी का एक लंबा कश लेते हुए शिव प्रसाद अपनी जवानी की लव स्टोरी को एक बार फिर से जी रहा था।

"गौरी यहीं पर ही रहती थी? मेरा मतलब वकालत की प्रैक्टिस के लिए शहर नहीं गई?" धर्म ने एक न्यूज़ रिपोर्टर की तरह पूछा।

"गौरी और उसके मंगेतर ने शादी के बाद शिमला में ही बसने की प्लानिंग की हुई थी। और दोनों मिलकर एक लॉ फर्म चलाना चाहते थे। गौरी का मंगेतर शिमला के एक रईस परिवार से ताल्लुक रखता था।"

"यह सभी बातें आपको कैसे मालूम है?"

"गौरी के पिता अक्सर किचन में मेहमानों के लिए बने पकवान चख़ने आते थी तब कभी-कभी बातों-बातों में कुछ

बता दिया करते थे।" शिव प्रसाद पत्थर से उठ खड़ा हुआ और बीड़ी को फटाफट फूंकने लगा।

जैसे ही बीड़ी का धुआं खत्म हुआ शिव प्रसाद ने बीड़ी कहीं घास में फेंक दी।

"लेकिन गौरी की यह प्लानिंग धरी-की-धरी रह गई।" यह कहते हुए शिव प्रसाद वापस पत्थर पर बैठ गया।

"क्यों? क्या हो गया था?" धर्म ने आंखें बड़ी करते हुए पूछा। कहानी अब दिलचस्प होती जा रही थी।

"एक दिन कैंपिंग के दौरान गौरी एक टूरिस्ट की जान बचाते हुए पहाड़ से नीचे खाई की ओर गिर पड़ी। उसने टूरिस्ट को तो सही सलामत बचा लिया था। लेकिन उस एक्सीडेंट में वह अपनी टांगों को न बचा सकी। ऊंचाई से गिरने की वज़ह से गौरी की कमर के नीचे का हिस्सा पैरालाइज्ड हो गया था। वह फिर कभी पहाड़ों पर चल नहीं पाएगी। यह उसका सबसे बड़ा दुख था। ट्रैकिंग, कैंपिंग, जंगलों में घंटों तक घूमना गौरी को बहुत पसंद था।"

"अच्छा! तभी एक फोटो में वह व्हीलचेयर पर बैठी हुई थी।" धर्म ने फोटो को याद करते हुए कहा।

"हाँ। लेकिन गौरी का सब कुछ उस दिन खत्म नहीं हुआ था। उसका सब कुछ उस दिन खत्म हो गया था जिस दिन उसके मंगेतर ने उसे अकेला छोड़कर किसी और से शादी कर ली

थी।" शिव प्रसाद की बात सुनकर धर्म के भीतर एक भावनाओं का सैलाब उमड़ पड़ा था। वह गौरी की बेबसी और तन्हाई का अंदाज़ा भी नहीं लगा सकता था। बहुत गहरा ज़ख्म दिया था जिंदगी ने गौरी को।

"गौरी तो जीने की आस छोड़ चुकी थी। लेकिन अपने माता-पिता की इकलौती संतान होने के कारण उसने फिर से जीवन जीने का साहस जुटा लिया था। कुछ महीनों तक तो गौरी का इलाज चलता रहा। जब गौरी ने अपने खुद के पैरों पर दोबारा से चलने की सारी उम्मीदें खो दी तब कहीं जाकर गौरी ने व्हीलचेयर को अपना साथी बनाया था।"

"उनके माता-पिता अभी कहां पर है?"

"वह दोनों तो दुनिया छोड़कर जा चुके हैं। अभी एक-दो साल पहले ही उनकी माता जी गुज़र गई थी। और उनके पिताजी का देहांत कोई पाँच वर्ष पहले हो गया था।"

"फिर यह गेस्ट हाउस कौन चलाता है?"

"गौरी। वही चलाती है यह गेस्ट हाउस। उसका एक पर्सनल मैनेजर है जो सारी ऑनलाइन बुकिंग और मार्केटिंग देखता है।"

"और विवेक क्या करता है?"

"विवेक गेस्ट हाउस का रिसेप्शनिस्ट कम मैनेजर है।"
"अच्छा!"

‘‘जब गौरी ने दोबारा से कैंपिंग ऑर्गेनाइज करवानी शुरू की थी तब मेरे दिल से एक आवाज़ आई थी’ ‘मुक़द्दर की सिकंदर’।’’

‘‘गौरी जी कैंपिंग कैसे कर पाती हैं?’’ धर्म ने आश्चर्यपूर्वक पूछा।

‘‘गौरी कैंपिंग ऑर्गेनाइज करवाती हैं। वह खुद नहीं जाती हाइकिंग पर। वह बेस कैंप में स्टे करती है। जहां तक गाड़ी जा सके और उसकी व्हीलचेयर मूव कर सके बस वहीं तक जाती है।’’

‘‘गौरी जी तो सच में ही मुक़द्दर की सिकंदर हैं।’’ धर्म ने शिव प्रसाद की बात से सहमति जताते हुए कहा।

13.

ब्रेनवॉश

〜

"क्या आपने कभी वापस दिल्ली जाने का नहीं सोचा?" धर्म ने पूछा। अब धर्म पत्थर से उठ खड़ा हुआ और थोड़ी-बहुत स्ट्रेचिंग करने लगा।

"पहले दो-चार साल में एक बार दिल्ली चला जाता था। अब उम्र भी हो गई है तो, नहीं जा पता। अब मां पिताजी भी नहीं रहे। भाई अपने परिवार के साथ वापस बिहार चला गया। फिर जाकर करूंगा भी क्या। इसलिए यही रहता हूं। पहाड़ों के शुद्ध वातावरण में।" शिव प्रसाद ने चारों ओर की खूबसूरती को निहारते हुए कहा।

"आपने शादी नहीं की?" धर्म ने थोड़े संकोच के साथ पूछा।

"गौरी से?" शिव प्रसाद ने हंसते हुए पूछा।

"नहीं! किसी और से?"

"हाँ, की थी एक बार। मां-पिताजी ने करवा दी थी जब एक दफा दिल्ली गया था। मैं तो बिल्कुल नहीं करना चाहता

था। मेरे मन में तो गौरी बसी हुई थी।'' शिव प्रसाद की आवाज़ में दर्द छलक पड़ा।

''फिर क्या हुआ?'' धर्म ने उत्सुकता से पूछा।

''मैं शादी के अगले ही दिन उसे वहीं दिल्ली में छोड़कर वापस यहां चला आया।''

''फिर?''

''मैं कोई दो-तीन साल तक वापस नहीं गया। तो उसने मेरे भाई के साथ शादी कर ली।''

''क्या!? आपके घर वाले मान गए?''

''जब मैं शादी के अगले दिन ही वापस आ गया तो भला क्या लगाव होता उस लड़की को मुझसे। मेरे भाई और उसे एक दूसरे से प्रेम हो गया। फिर माता-पिता ने सबकी सहमति से उन दोनों की शादी करवा दी। उसके बाद पिताजी ने मेरे विवाह के विषय में फिर कभी भी बात ही नहीं की।''

''आपने काम ही ऐसा कर दिया था।'' शिव प्रसाद ने एक गहरी सांस लेते हुए धर्म की बात से सहमति व्यक्त की।

''बस फिर उसके बाद मैंने कभी शादी के विषय में नहीं सोचा।'' शिव प्रसाद भी अब उठ खड़ा हुआ। ''धर्म जी, दुनिया आपका ब्रेनवॉश कर सकती है। मुझे यकीन है आपका ब्रेनवॉश भी किया होगा कभी-न-कभी।''

धर्म सोच में पड़ गया। उसे ऐसा कोई लम्हा याद नहीं आ रहा था जहां किसी ने उसका ब्रेनवॉश करने की कोशिश की हो। "पता नहीं। मुझे ऐसा कुछ लगता तो नहीं। मैंने आज तक अपने दिल की ही सुनी है। मेरे दिल-दिमाग में जो आता है मैं वही करता हूं।" धर्म ने पूरे आत्मविश्वास के साथ कहा।

"तो आपके कहने का मतलब यह है कि जब आपने अपने घरवालों को या किसी और करीबी मित्र को यह नौकरी छोड़कर कहानीकार बनने की बात बताई तब सब ने आपकी इस बात से सहमति जताई थी। किसी ने भी इस बात का विरोध नहीं किया?"

"हां, विरोध तो किया था।"

"फिर यह भी कहा होगा कि अच्छा खासा करियर छोड़कर कहां यह कहानीकार बनने चले हो। दो वक्त का खाना भी शायद ही नसीब होगा इस काम से।"

"हां कुछ-कुछ ऐसा हुआ तो था।" धर्म ने दिमाग पर ज़ोर डालते हुए कहा।

"फिर कुछ दोस्त भी साथ छोड़ गए होंगे?" शिव प्रसाद के इस वाक्य ने धर्म को साक्षी की याद दिला दी थी।

"हां, यह भी हुआ था।" धर्म ने बिना झिझके मान लिया।

"तो इसी को ब्रेनवॉश कहते हैं, धर्म जी।"

"हां, मगर मैंने तो अपने दिल की ही की।" धर्म ने प्रसन्नतापूर्वक कहा।

"क्योंकि कोई आपका हार्ट वॉश नहीं कर पाया।" शिव प्रसाद ने मुस्कुराते हुए कहा।

"हार्ट वॉश?"

"देखिए धर्म जी, ब्रेनवॉश हो सकता है लेकिन हार्ट वॉश कभी नहीं हो सकता। हार्ट तो ट्रांसफॉर्म होता है। वह कहते हैं न अंग्रेजी में 'चेंज ऑफ़ हार्ट' और हिंदी में 'हृदय परिवर्तन'। वह खुद-ब-खुद होता है। वह स्वयं के अंदर होने वाली एक अद्भुत घटना है। बाहरी दबाव उसे प्रभावित नहीं कर सकता।"

धर्म को एक पल के लिए ऐसा लगा जैसे शिव प्रसाद कोई बावर्ची नहीं बल्कि कोई स्कॉलर हो। उसे लगा जिंदगी ने शिव प्रसाद को ज्ञानी बना दिया।

"बात आपकी बिल्कुल सही है, शिव प्रसाद जी। नौकरी छोड़कर कहानीकार बनने के लिए मुझे किसी ने प्रेरित नहीं किया। यह घटना खुद-ब-खुद मेरे दिल की आवाज़ सुनने से हुई।"

शिव प्रसाद ने एक बार फिर से नई बीड़ी सुलगा ली थी। इस बार उसकी बीड़ी का धुंआ कई छल्ले बना रहा था। ऐसा लग रहा था जैसे शिव प्रसाद खुद को सम्मान दे रहा हो।

14.

कल्चरल कंडीशनिंग

दो घंटे बीत चुके थे। लेकिन धर्म और शिव प्रसाद को बातों-बातों में इतना समय बीत जाने का एहसास ही नहीं हुआ। तभी शिव प्रसाद ने अपने मोबाइल में टाइम देखते हुए कहा, "धर्म जी, काफी समय बीत गया है। मुझे अभी लंच पकाने की तैयारी भी करनी है।"

धर्म ने भी मोबाइल पर टाइम देखते हुए कहा, "इतना समय कब बीत गया पता ही नहीं चला।"

"चलिए, वापस चलते हैं।" शिव प्रसाद ने होमस्टे की तरफ रुख करते हुए कहा। धर्म भी उसके साथ चल दिया।

"एक बात पूछूं आपसे?" शिव प्रसाद ने कहा।

"पूछिए।"

"आपको नहीं लगता आपने इंजीनियरिंग करके अपना समय, मां-बाप के पैसे, और एक कॉलेज की सीट खराब कर दी?"

शिव प्रसाद की यह बात सुनते ही धर्म की चलने की गति थोड़ी धीमी हो गई। उसे गुस्सा आ रहा था। लेकिन जब उसने

थोड़ा ठहर के सोचा तो उसे भी लगा वह सभी बातें कहीं न कहीं सच तो थी।

"आपको यदि मेरी बात का बुरा लगा हो तो मुझे माफ़ करना।"

"नहीं, नहीं, आप क्यों माफ़ी मांग रहे हैं। आपने तो एक बहुत महत्वपूर्ण प्रश्न पूछा है। मुझे इसका जवाब बहुत सोच समझकर देना होगा।" धर्म वापस से अपनी सामान्य गति में चलने लगा। "आप मुझे थोड़ा सोचने का समय दीजिए।"

"हाँ, हाँ, क्यों नहीं।" शिव प्रसाद अपनी बीड़ी फूँकते हुए चला जा रहा था।

धर्म कुछ ठोस जवाब देना चाहता था इसीलिए बीती उन सभी बातों को याद करने लगा जब उसने इंजीनियरिंग करने का सोचा था। उसके दिमाग की मैमोरी ने सारे तथ्य उसके सामने एक-एक कर के रखने शुरू कर दिए। जिनके आधार पर वह अपनी बातें मजबूती से रख सके।

यह चुप्पी प्रकृति ने अपनी ध्वनि से भर दी थी। पानी के नाले और खड़ की आवाज अब और भी ज़्यादा साफ़ सुनाई दे रही थी। पक्षियों की चहचहाट और हवा की सरसंराहट भी साफ़ सुनाई दे रही थी।

"शिव प्रसाद जी, अभी थोड़ी देर पहले आपने मुझे ब्रेनवॉश और चेंज ऑफ हार्ट के बारे में समझाया।" इस बात पर शिव प्रसाद ने सिर हिला के हां किया।

"अब मैं आपको कल्चरल कंडीशनिंग के बारे में कुछ बताता हूं।"

शिव प्रसाद ने बीड़ी फूँकते हुए सिर हिलाया।

"जब मैं छोटा था तब हमारे पड़ोस में एक भईया रहते थे। उनका एक नामी सरकारी इंजीनियरिंग कॉलेज में दाखिला हुआ था। उनके माता-पिता ने आस-पड़ोस में सबको मिठाई बाँटी थी। उस समय मैं सातवीं कक्षा में पढ़ता था। वह भईया उस दिन से हमारे इलाके के अल्बर्ट आइंस्टीन बन गए थे। बस उसी दिन से मैंने भी ठान लिया था कि अपने इलाके का अगला आइंस्टीन मैं ही बनूंगा। फिर मैंने अपनी पढ़ाई पर ज्यादा ध्यान देना शुरू किया। फिर क्या था, पांच साल की मेहनत के बाद मैं भी सरकारी इंजीनियर कॉलेज में दाखिल हो गया। वह भईया तो US जा चुके थे। लेकिन मैं अपने ही देश में रहना चाहता था।"

"बहुत अच्छा किया आपने अपने ही देश में रह कर। हमारे देश को आप जैसे ही युवाओं की जरूरत है।" शिव प्रसाद ने बीड़ी को नाले में फेंकते हुए कहा। वह बीड़ी का बचा टुकड़ा नाले में बहते-बहते कहीं दूर जा पहुंचा।

"इस वजह से मेरी कल्चरल कंडीशनिंग ने मुझे इंजीनियर बना दिया। लेकिन फिर कुछ ही सालों की नौकरी के बाद मुझे एहसास हुआ कि मैं इस तरह सारा दिन एक केबिन में बैठकर अपनी जिंदगी नहीं निकाल सकता। बाकी सभी लोग इस तरह की जिंदगी से समझौता कर सकते होंगे। इसी को अपनी जिंदगी मान बैठे होंगे। लेकिन मेरी कल्चरल कंडीशनिंग की बेड़ियाँ धीरे-धीरे एक-एक करके टूटती जा रही थी। और मैं हैरान था कि मुझे इस बात से कोई भी दुख नहीं हो रहा था। बल्कि मैं तो बहुत खुश और हल्का महसूस करने लगा था।

"मेरे माता-पिता ने मुझे कभी नहीं कहा था कि मैं इंजीनियरिंग करूं। लेकिन मैं यह जानता था कि कुछ बड़ा करूंगा। ताकि प्यार, मान-सम्मान और भी बढ़ जाएगा सबकी नज़रो में। लेकिन अच्छा हुआ कि वक्त रहते मैंने स्वयं को इस भ्रम से निकाल लिया।"

अब वह दोनों चलते-चलते होमस्टे के काफी समीप पहुंच चुके थे।

"लेकिन आप अपना गुज़र-बसर कैसे करेंगे? कभी सोचा है इस बारे में?" शिव प्रसाद ने चिंता जताते हुए पूछा।

"यह बात तो मैं भी जानता हूं कि एक-दो किताबें लिखते ही मैं बेस्टसेलिंग राइटर नहीं बन जाऊंगा। इसलिए फिलहाल थोड़ा बहुत फ्रीलांसिंग का काम कर लेता हूं। बाद में किसी

स्कूल या कोचिंग इंस्टिट्यूट में पढ़ाकर गुज़ारा कर लूंगा। लेकिन कहानियाँ लिखता रहूंगा।'' धर्म की वाणी में एक संतुष्टि थी।

"बहुत अच्छा विचार है।'' शिव प्रसाद ने धर्म की पीठ थपथपाते हुए कहा।''

"चलिए धर्म जी, मैं खाना पकाने की तैयारी करता हूँ। आप आराम कर लीजिए। काफी देर तक आपको ठंड में बाहर बिठाये रखा।'' दोनों अब होमस्टे के मेन गेट पर पहुंच गए थे।

"ऐसी कोई बात नहीं है। मुझे तो बहुत अच्छा लगा आपसे बात करके और आपके साथ इतना समय बिता के। सच पूछिए तो मुझे आपकी कहानी बहुत अच्छी लगी।''

"बहुत-बहुत शुक्रिया आपका।''

"एक बात तो मैंने आपसे पूछी ही नहीं।'' धर्म ने कहा।

"क्या?''

"गौरी जी अब कहां है? क्या उन्होंने शादी की?''

"गौरी जी तो इस समय शिमला गई हैं। उनके कुछ सेमिनार्स थे कॉलेज में।''

"सेमिनार्स?''

"हां, वह कभी-कभी टूरिज्म पर सेमिनार्स लेती हैं।''

"ओह, अच्छा। और उनकी शादी हुई?''

"हां, उनकी शादी हो गई।''

"किसके साथ?'' धर्म की जिज्ञासा तीव्रता से बढ़ गई।

"इस होमस्टे के मालिक के साथ।"

"लेकिन आपने तो कहा था, इस होमस्टे के मालिक गौरी जी के पिताजी हैं। तो फिर उस हिसाब से गौरी जी ही इस होमस्टे की मालकिन हुईं।"

"हां। तो उनके पति ही तो अब इस होमस्टे के मालिक बन गये हैं।"

"अच्छा। क्या नाम है उनका?"

"धर्म जी मुझे खाना पकाना है। आपसे फिर कभी बात करूंगा। कृपया अनुमति दें। आशा करता हूं कि आप अपनी कहानी लिखना शुरू करेंगे इसी पल से।"

ऐसा कहते ही शिव प्रसाद जल्दी-जल्दी किचन की ओर दौड़ गया।

धर्म अभी कुछ और समय बाहर ताज़ी हवा में रहना चाहता था। उसे लगने लगा था कि उसे एक रोचक कहानी मिल गई थी।

धर्म बगीचे में रखी एक कुर्सी पर जाकर बैठ गया और उन वादियों की ताज़ी हवा को अपने अंदर जाते हुए महसूस करने लगा।

15.

क्लाइमैक्स

॰

धर्म कमरे में आने के बाद सो गया था। उसकी नींद इतनी गहरी थी कि उसे पता ही नहीं चला कि कब दोपहर के तीन बज चुके थे। जब वह जागा तब उसे भूख लगने लगी थी। वह हाथ-मुँह धो के डॉयनिंग रूम की ओर चल पड़ा। उस ओर जाते हुए उसकी नज़र उसी व्हीलचेयर वाले कमरे पर पड़ी। धर्म ने देखा कि उस कमरे के दरवाज़े पर अब एक ताला लगा हुआ था। वह कुछ सोच पता उससे पहले उसकी भूख ने उसे वहां से चले जाने पर मजबूर कर दिया।

डॉयनिंग रूम में उसे विवेक मिला। उसने विवेक से कहा, "जल्दी से खाना दे-दो। बहुत ज़ोरों की भूख लगी है।"

"मैं आया था आपके रूम में लंच का बताने। मैंने आपके रूम की घंटी भी दो बार बजाई थी। लेकिन आपने दरवाज़ा नहीं खोला।"

"मैं सो गया था। मुझे घंटी की आवाज़ सुनाई ही नहीं दी। बाकी सभी गेस्ट्स ने लंच कर लिया?"

"बाकी लोग तो लंच करके घूमने भी निकल गए। स्टूडेंट्स वाला ग्रुप तो सुबह ही निकल गया था ट्रैकिंग पर। सिर्फ आप ही बचे हो। आप पांच मिनट रुकिए। मैं खाना गर्म करके लाता हूं।" ऐसा कहकर विवेक किचन में चला गया।

धर्म खाने का इंतज़ार करने लगा। उस वक़्त वह पांच मिनट भी उसे एक घंटे के बराबर लग रहे थे। जब विवेक खाना लेकर आया तो धर्म के चेहरे पर एक नई जान सी आ गई थी।

"यह लीजिए आपका गरमा-गरम खाना।"

"वाह! आज तो राजमा चावल बनाए हैं। मेरी भूख तो अब दुगनी हो गई है।" धर्म ने खाने की थाली को देखते हुए कहा। उसने गर्म-गर्म राजमा पर एक मक्खन की डली डाल दी। और फिर भोजन का आनंद उठाने लगा। जब तक धर्म ने खाना खत्म नहीं किया तब तक उसे यह भी ख़बर नहीं थी कि विवेक उसके आस-पास भी था या नहीं। खाने की थाली ख़ाली होते ही धर्म ने विवेक की ओर देखा जो खिड़की के पास खड़ा कहीं बाहर देख रहा था।

"विवेक।" धर्म ने आवाज़ लगाई।

"जी।" विवेक तुरंत ही पीछे मुड़ा और बोला, "कुछ और चाहिए आपको?"

"नहीं, मेरा पेट तो भर गया। अब थोड़ी देर सैर करूंगा।"

विवेक ने खाने की थाली को मेज़ पर से उठाया और किचन की ओर जाने लगा। तभी धर्म ने पूछा, "विवेक, शिव प्रसाद तिवारी जी कहां है?"

"कौन शिव प्रसाद तिवारी?" विवेक ने धर्म की ओर देखते हुए पूछा।

"अरे! यहां के कुक। शिव प्रसाद तिवारी।"

"उनका नाम शिव प्रसाद तिवारी नहीं है और न ही वह यहां के कुक है।" इतना कहते ही विवेक हंसने लगा।

"मैं कुछ समझा नहीं। सुबह ही तो उन्होंने तुम्हारे सामने कहा था कि वह यहां के कुक हैं।" धर्म ने हैरानगी से कहा।

"वह तो उन्होंने मज़ाक में कहा था।"

"मतलब?"

"वह बहुत मजाकिया किस्म के व्यक्ति हैं। वह कभी-कभी कुछ गेस्ट्स के साथ मज़ाक कर लेते हैं।"

"मज़ाक! यह कैसा मज़ाक है?" धर्म ने अब थोड़े गुस्से से पूछा।

"आपको मैं आपके सारे सवालों का जवाब देता हूं। मैं यह थाली सिंक में रख कर आता हूं।" ऐसा कहकर विवेक वहां से चला गया।

धर्म को कुछ समझ में नहीं आ रहा था। एक तरफ तो उसके अंदर गुस्सा भर गया था। और वहीं दूसरी तरफ वह बहुत

जिज्ञासु हो गया था सारी सच्चाई सुनने के लिए। धर्म ने अपना गुस्सा कम करने के लिए कुछ गहरी सांसे ली। विवेक को वापस आता देख धर्म की बेसब्री बढ़ गई। विवेक धर्म के पास आकर बैठ गया। धर्म को देखकर उसके चेहरे पर हंसी फूट पड़ी।

"तुम्हें हंसी आ रही है! मैं यहाँ हैरान हो रहा हूं। कोई इतना झूठ कैसे बोल सकता है?" धर्म ने विवेक से कहा।

"कितना झूठ बोला है, यह तो आपको मैं बताऊँगा। उसके लिए पहले आपको मुझे पूरी कहानी शुरू से सुनानी होगी।" विवेक ने पीठ को सीधा करते हुए कहा।

धर्म ने विवेक को पूरी कहानी विस्तार से सुनाई। बीच-बीच में विवेक को कई बार अपनी हंसी को रोकना पड़ रहा था क्यूंकि वह धर्म को गुस्सा नहीं दिलाना चाहता था। इसलिए बहुत सब्र से उसने पूरी कहानी को सुना।

"अब बताओ। इसमें क्या सच और क्या झूठ है?" धर्म आगे की ओर झुका।

विवेक ने एक गहरी सांस ली। उसने अपने बालों में हाथ फेरते हुए कहा, "सबसे पहले उनके नाम से शुरू करते हैं।"

धर्म बिल्कुल तैयार था सब कुछ जानने के लिए।

"उनका नाम शिव प्रसाद तिवारी नहीं है। उनका नाम अशिव ठाकुर है। और दूसरी बात, वह यहां के कुक नहीं, मालिक हैं।"

यह बात सुनते ही धर्म के होश उड़ गए। उसने इस बात की उम्मीद तो कभी भी नहीं की थी।

"और रही बात गौरी मैडम की, वह उनकी वाइफ हैं।"

"क्या?" धर्म को एक और झटका लग गया था। "क्या आदमी है यह?" धर्म ने अपना सिर पकड़कर कहा।"

"और वह जो गौरी मैडम के पैरालाइज्ड होने की बात बताई वह भी झूठी है। एक दिन गौरी मैडम के पांव में मोच आ गई थी। जिसकी वज़ह से वह कुछ दिनों तक चल फिर नहीं पाई थी। तो शिव सर मैडम के लिए व्हीलचेयर ले आये थे। जो आपने रूम में और फोटो में देखी थी। शिव सर ने उस व्हीलचेयर को यादगार के तौर पर रखा हुआ है।"

यह सभी बातें सुनकर धर्म का मानो इंसानियत पर से विश्वास ही उठ गया हो।

"और उन्होंने खुद को बिहारी क्यों बताया है?"

"क्यूंकि वह कुछ बिहारी अभिनेताओं के फैन हैं। उनकी एक्टिंग बहुत पसंद करते हैं। तो कभी-कभी खुद भी कर लेते हैं।"

"और गौरी जी के मंगेतर… जिसने उनको छोड़ दिया था?"

"कोई मंगेतर नहीं था। गौरी मैडम और शिव सर एक दूसरे को शिमला में मिले थे। दोनों वहां पढ़ते थे। गौरी मैडम एल.एल. बी. कर रही थी और शिव सर हिंदी साहित्य में पी.एच.डी.।"

"अच्छा! तो अब समझ आया इतनी सफाई से वह सारी कहानी कैसे सुना पा रहे थे।" धर्म ने मुस्कुराते हुए कहा।

"शिव सर हिंदी साहित्य के प्रोफेसर हैं हिमाचल यूनिवर्सिटी में। दो साल बाद रिटायरमेंट है उनकी। मैडम शिमला हाई कोर्ट में जज हैं। और आपके शिव प्रसाद तिवारी उनसे मिलने शिमला के लिए रवाना हो चुके हैं।"

"वाह! मान गए शिव प्रसाद… शिव ठाकुर जी को। आज अच्छे से समझ आ गया कि अनुभव बहुत महत्वपूर्ण होता है।"

"मैंने कई बार शिव सर से पूछा भी है कि वह ऐसी मनगढ़ंत कहानियाँ क्यों सुनाते हैं लोगों को।"

"फिर क्या कहा उन्होंने?" धर्म ने सारी नाराज़गी छोड़कर पूछा।

"उन्होंने कहा 'कहानियाँ मैं नहीं सुनाता, कहानियाँ मुझसे सुनवाई जाती है'। वह कहते हैं लोगों को लगता है कि कहानियाँ वह लिख रहे हैं। दरअसल, सच तो यह है कि, कहानियाँ उनसे खुद को लिखवाती हैं। कहानियाँ पहले से ही इस ब्रह्मांड में मौजूद रहती है। वह बस सही लेखक या कहानीकार का इंतजार करती है खुद को दुनिया के सामने प्रस्तुत करने के लिए।"

"क्या खूब कहा है प्रोफेसर साहब ने।" धर्म ने ताली बजाते हुए कहा। उस दिन धर्म को एक बात समझ आ गई थी। वह

यह थी कि कुछ लोग कहानियाँ लिखकर किताब के रूप में प्रकाशित करते हैं और वहीं दूसरी ओर कुछ लोग कहानियाँ सुनाकर लोगों के भीतर ज्ञान प्रकाशित करते हैं। शिव ठाकुर उस दूसरी श्रेणी के कहानीकार थे। जिनको अपनी कहानी सुनाने के लिए किसी किताब को लिखने की जरूरत नहीं थी। वह कहानी के किरदार भी खुद, लेखक भी खुद, और पाठक भी खुद ही थे। वही असल में एक कहानीकार होता है जो अपने शब्दो से किरदारों को जीवित कर पाता है। वह अपनी कहानी से पाठकों को यह मान लेने के लिए विवश करता है कि यह सिर्फ एक काल्पनिक कहानी नहीं है बल्कि एक सच है, एक हकीहत है जिसपर उन्हें भरोसा करना चाहिए बिना किसी शक के।

विवेक और धर्म उसके बाद भी काफ़ी देर तक बातें करते रहे। जिनसे धर्म को पता चला कि गौरी मैडम और शिव ठाकुर की कोई संतान नहीं थी। और वह दोनों अपनी कमाई का बहुत बड़ा हिस्सा समाज सेवा में लगाते थे। यह सब जानकर धर्म के दिल में उन दोनों के लिए सम्मान और भी बढ़ गया था।

उस रात धर्म बिस्तर पर लेटे-लेटे सारी बातों को बार-बार अपने दिमाग में एक वीडियो की तरह चला रहा था। वह कहीं न कहीं शिव ठाकुर के किरदार से बहुत गहराई तक प्रभावित हो चुका था। उसे अब विश्वास हो गया था कि एक अच्छी कहानी

लिखने के लिए उसे भी शिव ठाकुर की भांति कल्पनाओं के गहरे समंदर में गोते लगाने होंगे। और अब वह पूर्ण रूप से तैयार हो चुका था। जिस प्रेरणा के लिए वह पहाड़ों पर आया था, वह प्रेरणा उसे एक पहाड़ी ने दे दी थी।

उपसंहार

धर्म को जीभी से वापस आए छह महीने बीत चुके थे। अब तक उसकी पहली कहानी की किताब प्रकाशित हो चुकी थी। उस किताब की पहली प्रति उसने प्रोफेसर शिव ठाकुर को भेजी थी। उनके साथ बिताया वह समय ही धर्म को और भी अच्छा कहानीकार बनने के लिए हमेशा प्रेरित करता।

धर्म अक्सर विवेक को व्हाट्सएप पर संदेश भेजा करता था। वह दोनों फ़िर से मिलने की प्लानिंग करते थे।

धर्म एक कोचिंग इंस्टीट्यूट में बच्चों को कंप्यूटर साइंस पढ़ाने का पार्ट टाइम काम करने लगा था। जिससे उसकी आजीविका सुचारु रूप से चलती थी। धर्म का अधिकतर समय किताबें पढ़ने और लिखने में व्यतीत होता था। उसे मालूम था कि सफ़लता रातों-रात नहीं मिलती। लेकिन उसे यह भी पता था कि 'पर्सीविरेंस इज़ द की'। वह अपनी प्रगति से संतुष्ट था और वही उसकी अब तक की सबसे बड़ी सफलता थी।

अब वह काफी समय अपने माता-पिता के साथ बिता पता था। शिव ठाकुर की कहानी से प्रभावित होकर धर्म अपनी मां के साथ रसोई में नए-नए पकवान भी सीख रहा था।

प्रतिभा अपनी हॉस्टल लाइफ में मगन थी। पिताजी न्यूज़ देख कर और सैर-सपाटा करके अपना समय व्यतीत किया करते थे।

साक्षी शादी करके विदेश चली गई थी। धर्म ने उसकी शादी पर उसे एक तोहफा भी भेजा था। वह थी धर्म की पहली प्रकाशित किताब की एक कॉपी।

प्रोफेसर शिव ठाकुर और उनकी जिंदगी का प्यार गौरी मैडम अपने गेस्ट हाउस में बदलते मौसम का आनंद ले रहे थे।

इस एक कहानी के अंदर भी कई कहानियां हैं। सिर्फ पढ़ने वाले को पढ़ना आना चाहिए। इस जगत को चलाने वाला न जाने पल-पल में कितनी कहानियां लिखता है।

सबकी कहानी कुछ-कुछ एक जैसी होती है। लेकिन बिल्कुल अलग तरीके से। जब तक यह सृष्टि रहेगी तब तक कहानीकार बनते रहेंगे।

एक श्रेष्ठ कहानीकार इस बात से भली भांति अवगत होता है कि- "हम कहानी लिखते नहीं हैं, कहानी हमसे लिखवाई जाती है।"

www.ingramcontent.com/pod-product-compliance
Lightning Source LLC
LaVergne TN
LVHW051105180726

843512LV00020B/1604